余英時詩存

余英時文集——28

余英時——著

目次

銘文

聯對

余英時文集編輯序言

聯經出版公司編輯部

余英時先生是當代最重要的中國史學者，也是對於華人世界思想與文化影響深遠的知識人。

余先生一生著作無數，研究範圍縱橫三千年中國思想與文化史，對中國史學研究有極為開創性的貢獻，作品每每別開生面，引發廣泛的迴響與討論。除了學術論著外，他更撰寫大量文章，針對當代政治、社會與文化議題發表意見。

一九七六年九月，聯經出版了余先生的《歷史與思想》，這是余先生在台灣出版的第一本著作，也開啟了余先生與聯經此後深厚的關係。往後四十多年間，從《歷史與思想》到他最後一本學術專書《論天人之際》，余先生在聯經一共出版了十二部作品。

余先生過世之後，聯經開始著手規劃「余英時文集」出版事宜，將余先生過去在台灣尚未集結出版的文章，編成十六種書目，再加上原本的十二部作品，總計共二十八種，總字數超過四百五十萬字。這個數字展現了余先生旺盛的創作力，從中也可看見余先生一生思想發展的軌跡，以及他開闊的視野、精深的學問，與多面向的關懷。

文集中的書目分為四大類。第一類是余先生的**學術論著**，除了過去在聯經出版的十二部作品外，此次新增兩冊《中國歷史研究的反思》古代史篇與現代史篇，收錄了余先生尚未集結出版之單篇論文，包括不同時期發表之中英文文章，以及應邀為辛亥革命、戊戌變法、五四運動等重要歷史議題撰寫的反思或訪談。《我的治學經驗》則是余先生畢生讀書、治學的經驗談。

其次，則是余先生的**社會關懷**，包括他多年來撰寫的時事評論（《時論集》），以及他擔任自由亞洲電台評論員期間，對於華人世界政治局勢所做的評析（《政論集》）。其中，他針對當代中國的政治及其領導人多有鍼砭，對於香港與台灣的情勢以及民主政治的未來，也提出其觀察與見解。

余先生除了是位知識淵博的學者，同時也是位溫暖而慷慨的友人和長者。文集中也反映余先生**生活交遊**的一面。如《書信選》與《詩存》呈現余先生與師長、友朋的魚雁往返、詩文唱和，從中既展現了他的人格本色，也可看出其思想脈絡。《序文集》是他應各方請託而完成的作品，《雜文集》則蒐羅不少余先生為同輩學人撰寫的追憶文章，也記錄他與文化和出版界的交往。

文集的另一重點，是收錄了余先生二十多歲，居住於**香港期間**的著作，包括六冊專書，以及發表於報章雜誌上的各類文章（《香港時代文集》）。這七冊文集的寫作年代集中於一九五〇年代前半，見證了一位自由主義者的青年時代，也是余先生一生澎湃思想的起點。

本次文集的編輯過程，獲得許多專家學者的協助，其中，中央研究院王汎森院士與中央警察大學李顯裕教授，分別提供手中蒐集的大量相關資料，為文集的成形奠定重要基礎。

最後，本次文集的出版，要特別感謝余夫人陳淑平女士的支持，她並慨然捐出余先生所有在聯經出版著作的版稅，委由聯經成立「余英時人文著作出版獎助基金」，用於獎助出版人文領域之學術論著，代表了余英時、陳淑平夫婦期勉下一代學人的美意，也期待能夠延續余先生對於人文學術研究的偉大貢獻。

編輯說明

一、本書以創作年代編序，排版體例以呈現詩作完成時之原貌為準則。

二、詩題、小序、落款等，優先對照正式登載之刊物、著作，以及余英時先生書贈墨寶為依據。

三、遇有異文處，則以編按另行補充。

詩作

紀蓮生師壽誕

從前單身來打牌，今日雙雙拜壽來。
皮簣初把啼聲試，不尚言譚愛叔岩。

一九六四年七月十二日在康橋恭逢蓮生師壽誕，連日叨擾，書此紀勝。
學生余英時、陳輸（淑）平　敬書[1]

[1] 編按：余英時陪同楊聯陞打麻將，為討楊聯陞開心而故意讓牌，並特別將「淑」字寫為「輸」字。據周言轉述，陳淑平未曾與楊聯陞打過麻將，只有橋牌。

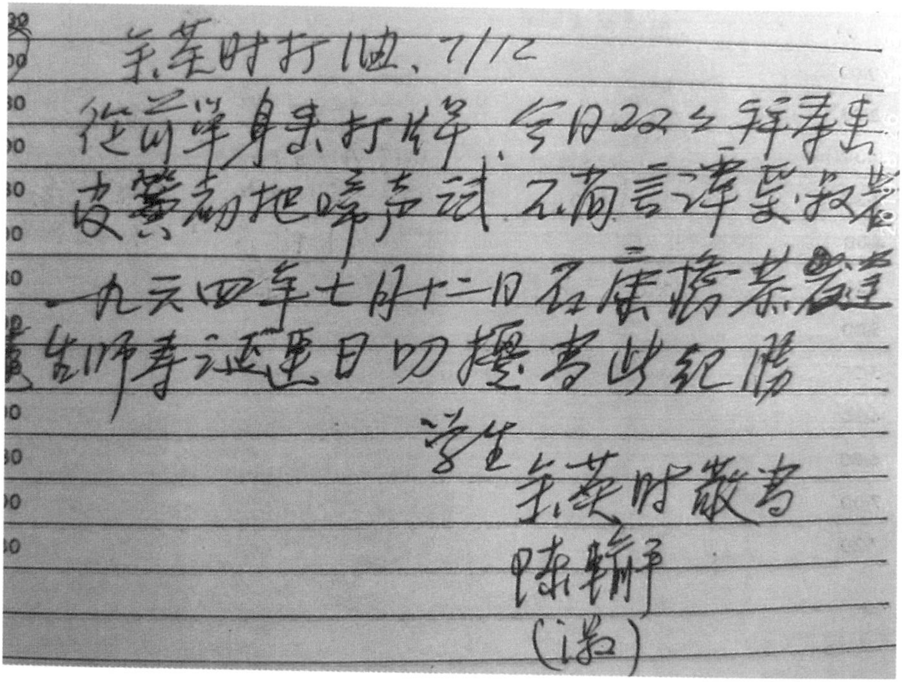

朱英時打油、7/12

從前單身來打掃，今日雙雙來拜壽

皮鞭勤把喉聲試 不需言譯要[illegible]

一九六四年七月十二日在康橋恭逢

先師壽誕吉日 即興書此紀勝

學生

朱英時敬書

陳[illegible]

（[illegible]）

伴蓮生師打麻雀

技劣精神好，（春樹）
詩成滿貫輸。（英時）
三番兩次賞，（老師師母）
愧殺牧牌奴。（諸弟子）

1965.7.2

技方精神好（春耀）詩成滿貫輸

（美詩）三番兩次賞（老師師母）

愧殺牧牌奴（[illegible]子）

紀與楊聯陞師打麻雀盛況

「牌雖不成詩幸成」（借龔定菴句），特綴數語以紀盛況，是為序。詩曰：

七載師門無限思，重來桃李又盈枝。
如來升座天花墜，便是伽葉解笑時。

弟子余英時　敬書於大敗之中（夢中寫）

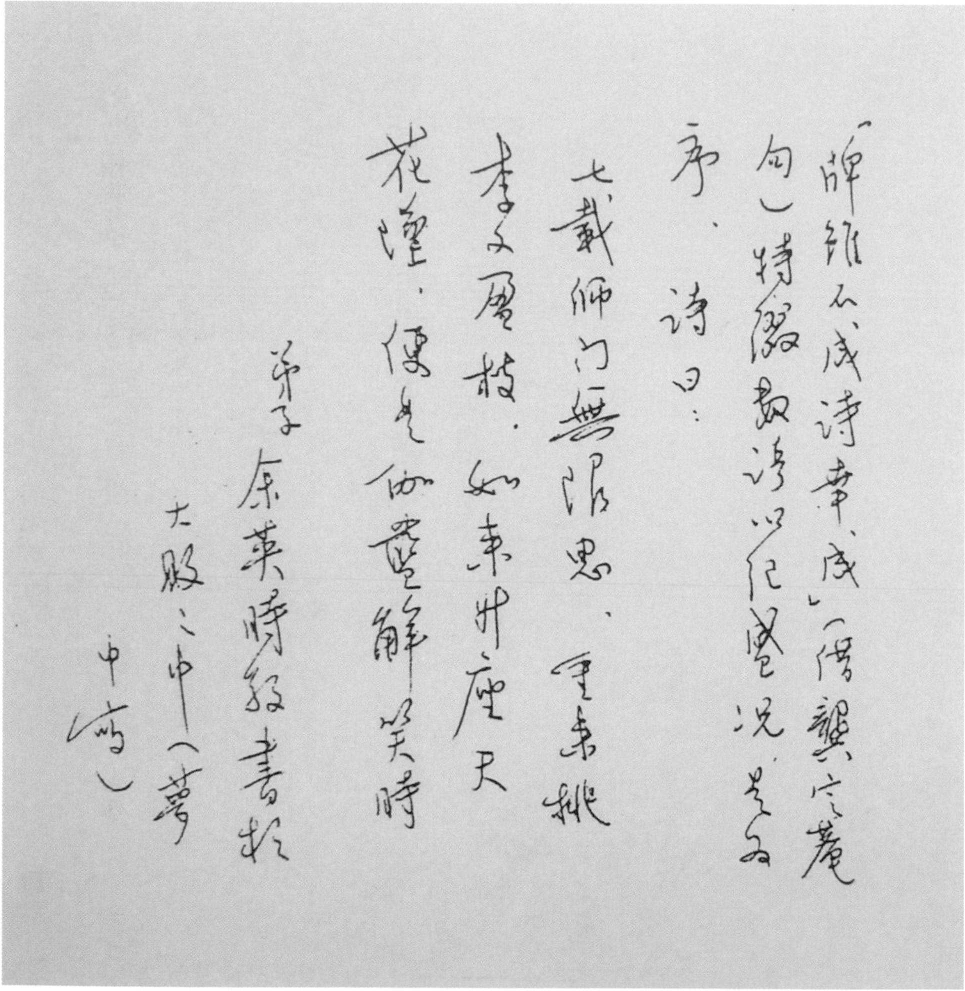
「師雖不、成詩常、成」（借龔定庵句）特錄拙詩以紀盛況，並為壽。詩曰：

七載師門無限思，重來桃李又盈枝。如來升座天花墜，便是拈花解笑時

弟子 余英時敬書於大睡之中（夢中句）

【附】楊聯陞和詩

古月寒梅繫夢思，誰期海外發新枝。[1]
隨緣且上須彌座，轉憶當年聽法時。

[1] 編按：李懷宇〈舊體詩〉：「詩中『古月』指胡適，『寒梅』指梅貽琦。」（《余英時訪問記》，允晨文化，二〇二二，頁四三。）

觀崑曲〈思凡〉、〈遊園〉感賦 二首

一曲〈思凡〉百感侵，京華舊夢已沉沉。
不須更寫懷鄉句，故國如今無此音。（其一）

妙舞清吟舊擅場，傳薪雛鳳試新妝。
《還魂》一記真千古，喜煞詩靈玉茗堂。（其二）

張充和女史蒞康橋演〈思凡〉、〈遊園〉二齣，及門高弟李卉飾春香，蓋初試也。觀後感賦兩章並以誌盛。

一九六八年四月卅日　余英時　稿

一曲思凡百感侵　京華舊夢已沉沉　不須更寫懷鄉句　故國如今無此音

妙舞清吟舊擅場　傳薪雛鳳試新妝　還魂一記真千古　喜煞詩靈玉茗堂

張充和女史在康橋演思凡遊園二齣　及門高弟李卉飾春香　蓋初識文　觀後感賦兩章書以誌盛

一九六八年四月卅日　余英時稿

【附】**張充和〈和英時詩** 二首〉（一九六八）

哀樂前緣上下場，新憂壓遍舊時妝。
散花人亦勞勞者，諸法同源各異堂。（其一）

橫流葭葦總相侵，再整衣冠再陸沉。
此曲微茫如可聽，慨慨如縷賴知音。（其二）

【附】**楊聯陞〈觀劇〉**

萬壑爭流傳古韻，百花齊放聽新鶯。
今宵定有還鄉夢，春在山陰道上行。

【附】**葉嘉瑩詩**

白雪歌聲美，黃冠舞態新。
夢回燕市遠，鶯囀劍橋春。

絃誦來身教，賓朋感意親。

天涯聆古調，失喜見傳人。

張充和女史應趙如蘭女史之邀，攜其及門高弟李卉來哈佛大學演出崑曲〈思凡〉、〈游園〉二齣，蓮笙、英時諸先生相繼有作，亦勉成一律。

【附】張充和和詩（一九七八）

十載連天霜雪侵，回春簫鼓起消沉。

不須更寫愁腸句，故國如今有此音。（其一）

卅載相思入夢侵，金陵盛會正酣沉。

不須怕奏陽關曲，按拍歸來聽舊音。（其二）

聞歌〈寄子〉淚巾侵，卅載拋兒別夢沉。

萬里雲天無阻隔，明年花發覓知音。（其三）

贈陳穎士詩

管他趙李與孫錢，娶得嬌妻便是仙。
今日乘龍歸去也，春光長繞點蒼煙。

【附】陳穎士〈答贈詩　有序〉（一九七二年壬子仲夏在臺北）

壬子仲夏，余英時教授赴港，道經北市，以余曾與雲南龍家小姐交往贈詩相謔。實則時過境遷，唯付一笑，乃步原韻答之。

不為虛榮不為錢，無家長做地行仙。
漢皋龍女今安在？紫玉當年已化煙。

和楊聯陞師

未行先自討歸期，怕向名場竟入時。
嶺外梅花任開落，康橋風雪最相思。

【附】楊聯陞〈送英時〉（一九七三年五月十日）

楚材自是堪梁棟，起鳳騰蛟到海隅。
小試牛刀期二稔，重陽莫忘插茱萸。（其一）

少年分袂易前期，壯歲揚鞭莫後時。
瀉仰清風濡沫侶，摘茶撥火總相思。（其二）

癸丑夏將行役香江蓮生師贈詩謹答[1]

癸丑夏將行役香江，蓮生師贈詩有「楚材自是堪梁棟，起鳳騰蛟到海隅」之句，愧無以當。謹答七律一首明志，即以呈別。

英時未是草

火鳳難燃劫後灰，僑居鷃鵲幾盤迴。
已甘寂寞依山鎮，又逐喧嘩向海隈。
小草披離無遠志，細枝拳曲是遺材。
平生負盡名師教，欲著新書絹未裁。

[1] 編按：余英時書贈林道群：「火鳳難燃劫後灰，僑居鷃鵲幾旋迴。已甘寂寞依山鎮，又逐喧嘩向海隈。小草披離無遠志，細枝拳曲是遺材。平生愧負名師教，欲著新書絹未裁。」有三處異文。（《余英時詩存》，牛津大學出版社，二〇二二，頁一〇。）

癸丑夏將行役香江蓮生師贈詩有楚材自是堪梁
棟起鳳騰蛟到海陽之句愧無以當謹答七律一首明
志即以呈別

英時未是草

火鳳難燃劫後灰僑居鸚鵡幾經迴已
甘寂寞依山鎮又逐喧嘩向海隈小草
披離無遠志細枝拳曲是遺材平生
負盡名師教欲著新書絹未裁

【附】勞思光〈英時寄近作步韻報之〉

人間誰許撥寒灰，逼眼滄桑更幾迴。
車過山川皆客路，心安朝市等林隈。
久疑配命關多福，翻悟全生貴不材。
風雨滿天懷舊切，殷勤尺素手親裁。

賀洪業太老師八十初度[1]

矯矯仙姿八十翁，名山業富德符充。
才兼文史天人際，教寓溫柔敦厚中。
孫況傳經開漢運，老聃浮海化胡風。
儒林別有衡才論，未必曹公勝馬融。

[1] 編按：余英時〈顧頡剛、洪業與中國現代史學〉：「『學際天人，才兼文史』是《舊唐書》劉知幾及其他史官列傳末的史臣評語；『溫柔敦厚』則正是指洪先生的人格修養而言的。末語針對當時中國大陸的局勢而發，所指更是極為明顯。一九七四年我在香港，聽說洪先生在哈佛燕京圖書館看報，讀到那些毫無理性的『批孔』言論，氣憤之至，出來時竟在圖書館大門前跌了一跤，把頭都摔破了，幾乎因此送命。」（《史學與傳統》，時報文化，一九八二，頁二六九。）

復觀先生寄示唱和之作次韻奉答

復觀先生寄示與海內外諸詩家唱和之作，次韻奉答。

賸水殘山一線懸，三年看盡世情遷。
草間久絕鳴蟲響，海外新傳化鶴旋。
有國竟成龍戰野，無家空託鳥窠禪。
從來興廢爭朝夕，誰解莊生論小年。

乙卯二月　余英時　呈稿

復觀先生寄示與海內外諸詩家唱和之作

次韻奉答

賸水殘山一綫懸三年看盡世情遷草
間久絕鳴蟬響海外新傳化鶴旋有
國竟成龍戰野無家空託鳥窠禪從
來興廢爭朝夕誰解莊生論小年

乙卯二月余英時呈稿

【附】孫克寬〈甲寅歲暮寄懷復觀先生香港，時住加拿大沙城〉

辰星寥落北南懸，與子違離歲幾遷。
孔鮒只今無竄所，班超那更望生還。
書春異國寧存朔，瀹茗危樓或證禪。
褦襶頹然殘老物，空吟錦瑟憶華年。

【附】徐復觀〈得今生寄詩奉和，時文化大革命正劇〉

故人萬里尚懸懸，歲月遷流意未遷。
八表昏霾燈欲滅，千山寒凍鳥難旋。
乘桴此日真成讖，[1]掃跡他鄉便是禪。
莫向天涯悲暮景，攤書啜茗樂年年。

【附】周棄子〈次韻今生加拿大、佛觀香港唱和之作〉

望眼常從隔海懸，故人詩報歲華遷。
舊遊夢惱春鶯斷，苟活身悲磨蟻旋。
判遺吾徒成棄物，肯持世法鬥枯禪。
元家野史亭還在，留紀明昌大定年。

❶ 論語：「子曰：道不行，乘桴浮於海。」今後恐僅能延中國文化一線於海外耳。

失題[1]

驟雨狂風九域陰，紫薇移座帝星沉。
生哀霸業終孤島，死忍寒鴉失故林。
青骨成神留塚淺，白蛇出塔報冤深。
蓬萊日日催絃管，奏向人間是怨音。

觀于海者　吟草

[1] 編按：此詩作與〈復觀先生寄示唱和之作次韻奉答〉由余先生併為〈失題〉二首，以「觀于海者」之名刊於《明報月刊》第一一三期（一九七五年五月）。〈失題〉其一（〈復觀先生寄示唱和之作次韻奉答〉）：「草間早絕鳴蟲響」有一處異文。

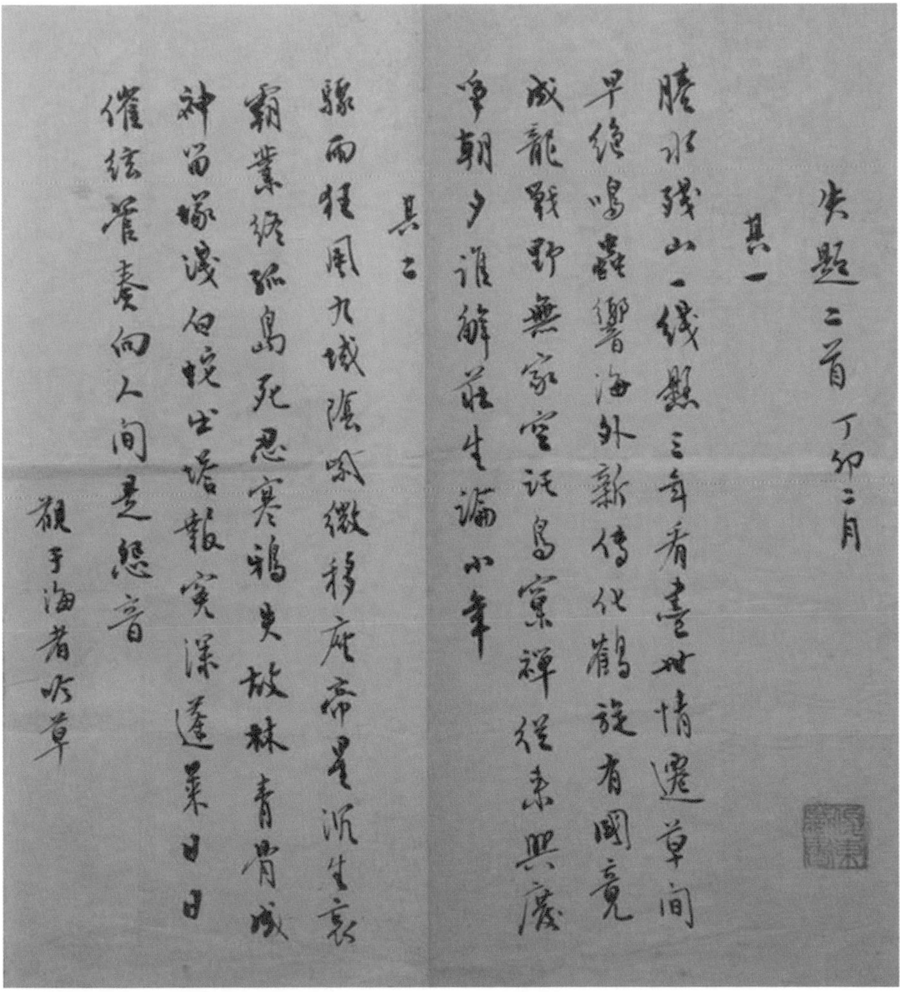

失題二首　丁卯二月

其一

賸水殘山一線懸，三年看盡世情遷。草間早絕鳴蟲響，海外新傳化鶴旋。有國竟成龍戰野，無家空託島棲禪。從來興廢爭朝夕，誰解莊生論小年。

其二

驟雨狂風九域張，吹徹移庭帝星沉。生哀霸業終孤島，死忍寒鴉失故林。青骨成神留蠟淚，白蛇出語報冤深。蓬萊日日催絃管，奏向人間是怨音。

觀于海者吹草

輓周恩來[1]

化骨揚灰散作塵，一生伴虎有餘辛。
先機抱器歸張楚，晚節藏鉤賺大秦。
始信秀才能造反，更無宰相解安民。
遙知寒士應垂淚，誰為神州護早春。

乙卯歲暮　觀于海者　吟草

❶編按：余英時〈霸主無才始憐君〉：「『化骨揚灰散作塵，一生伴虎有餘辛。先機抱器歸張楚，晚節藏鈎賺大秦。始信秀才能造反，更無宰相解安民。萬千寒士應垂淚，誰為神州護早春。』周恩來死在一九七六年一月，火化後骨灰遍撒在中國大陸，據說這是執行他的遺志。上面引的一首律詩便是我在那個時候寫的，曾以『觀于海者』的筆名發表在香港的《明報月刊》上。不久，徐復觀先生來信告訴我說，《大公報》中的人曾向他探詢這首詩的作者是誰。」有二處異文。（《歷史人物與文化危機》，東大圖書，一九九五，頁八七。）

輓周恩來

化骨揚灰散作塵，一生伴虎有餘辛。
先機抱器歸張楚，晚節藏鈎賺太秦。
始信秀才能造反，更無宰相解安民。
還知寒士膺重淚，誰為神州護早春。

乙卯歲暮觀于海者吟草

賀業師蓮生六十初度　四首

詞賦由來說別腸，任他才調自飛揚。
松莊花月傳佳句，更挾聲華越兩洋。詩

夢裏家山記未真，蘭亭脩禊恨無人。
今年倘踏山陰道，乞寫江南一角春。畫

豪氣楸枰數舊遊，當年盟主海西頭。
一篇棋史翻新局，考證居然動奕秋。奕

曾共雲卿配義門，香江行役記歌痕。
劉郎雅奏分明在，唱到無言勝有言。皮黃

甲寅之歲業師蓮生先生六十初度，余適客香江，不及舉觴祝壽。先生博雅無涯涘，而不喜立門戶，雖游藝亦然。頃成小詩四首，撮舉先生游藝之精卓，而復為余所粗解者言之，蕪詞殊不足觀，聊以示補祝嵩壽之意云爾。

蓮生吾師吟正

受業余英時　敬賀

丙辰元月

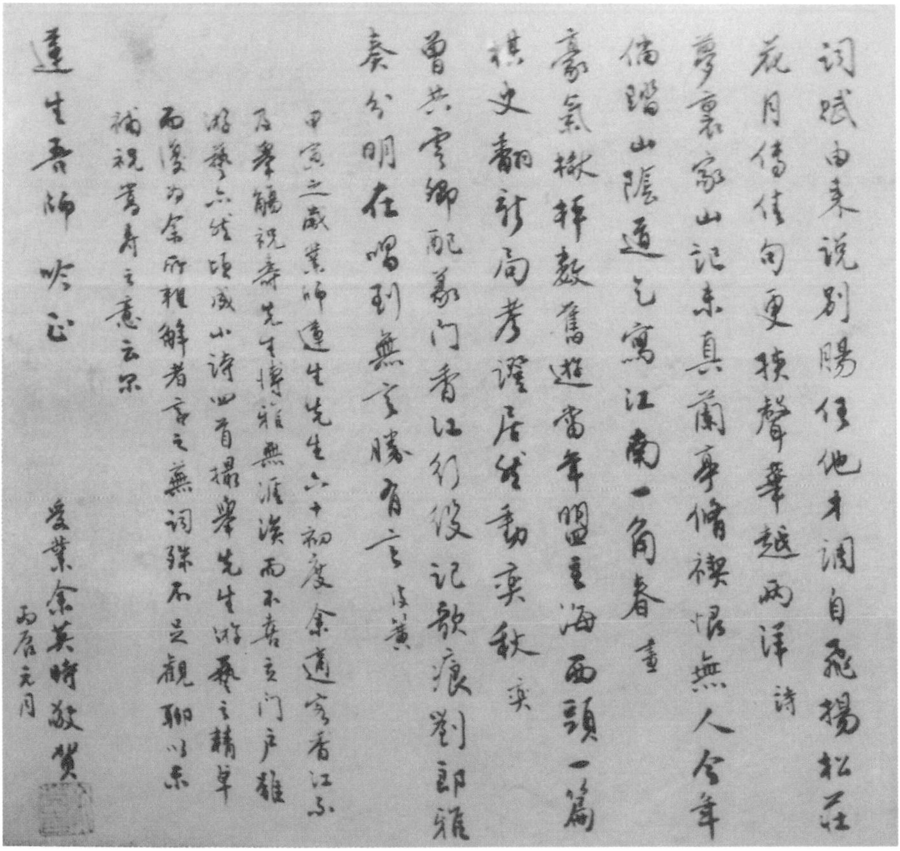

詞賦由來說別腸，任他才調自飛揚。松莊花月傳佳句，更換聲華越兩洋。詩

夢裏家山記未真，蘭亭修禊悵無人。今年偏踏山陰道，也寫江南一角春。畫

豪氣掀髯數舊遊，當年賭墅海西頭。一篇棋史翻新局，考證居然動奕秋。奕

曾共雲鄉配幕門，香江行役記歌痕。劉郎雅奏分明在，唱到無言勝有言。度曲

甲寅之歲業師達生先生六十初度余適客香江不及舉觴祝壽先生博雅無涯涘而不喜言門户雅游藝亦然頃成小詩四首揚舉先生游藝之精卓而淺如余所粗解者言之蕪詞殊不足觀聊以示補祝嵩壽之意云爾

達生吾師 吟正

受業余英時敬賀

丙辰元月

記洪煨蓮太老師荔枝饗客口占

稷下如今最老師，鎔經鑄史復吟詩。
康橋接席添身價，不為筵前啖荔枝。

一九七六年夏洪煨蓮太老師在康橋寓所接待遠道訪友，余亦敬陪末座。席間有新鮮荔枝饗客，因口占一絕記其樂，回首已三十七年矣。

二〇一三年　余英時

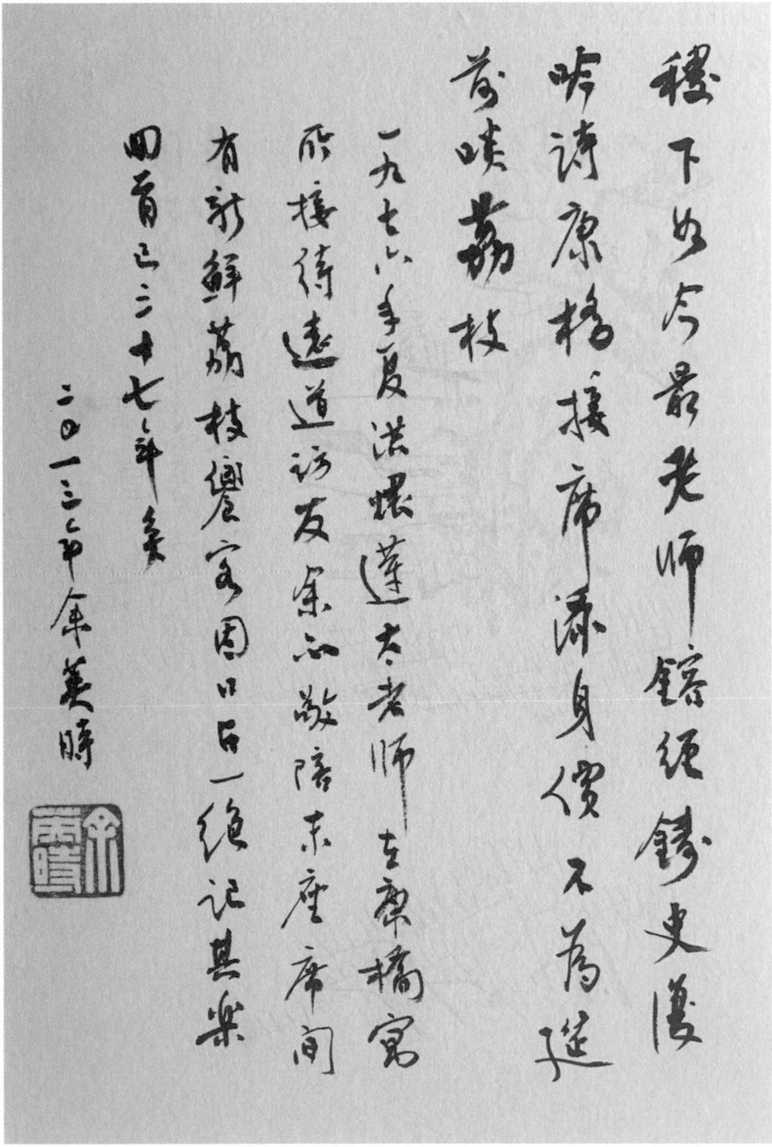

稷下如今最老师，镕经铸史漫吟诗。康桥接席添身价，不为延前啖荔枝。

一九七六年夏洪煨莲老师在康桥寓所接待远道访友，余亦敬陪末座，席间有新鲜荔枝飨客，因口占一绝记其乐。回首已三十七年矣。

二〇一三年余英时

丙辰中秋即事[1]

帝子乘風御翠華，不周山下萬旗斜。
倦隨夸父追炎日，漫訪吳剛問桂花。
恆鳥已嚐玄圃水，嫦娥空守煉爐砂。
蒼茫大地無情甚，欲主浮沉願總賒。

觀于海者　吟稿

❶ 編按：余英時〈從中國史的觀點看毛澤東的歷史位置〉：「毛死後，我最早涉及他的文字則是一首詩，題為〈丙辰中秋紀事〉，以『觀于海者』的筆名發表在一九七六年十月一日出版的《明報月刊》上。這首七律推測毛死後中共政局的演變，曾引起不少人的唱和。現在附錄於下，以存十九年前初聞其死訊時的心跡。……這首詩儘量運用毛澤東詩中的語言，讀者自能辨之。『恆鳥』是古代神話中的『恆山之鳥』，指中共黨中的『老幹部』，當時英文報導所謂"party regulars"也。『嫦娥』自然是江青的代號。此詩刊出時，江青等尚未被捕，所以不妨看作是『推背圖』或『燒餅歌』的一類的東西。」（《歷史人物與文化危機》，東大圖書，一九九五，頁四一—四二。）

丙辰中秋即事

帝子乘風御翠華，不周山下萬旗斜。倦隨夸父追炎日，漫訪吳剛問桂花。恒烏已嚐玄圃水，嫦娥空守煉爐砂。蒼茫大地無情甚，猶自沉浮願總賒。

觀于海者吟稿

【附】陳穎士〈次韻英時〈丙辰中秋即事〉〉

薤露新歌菊正華，蟾光纔滿忽西斜。
昭昭青史留泥跡，烈烈紅旗濺淚花。
雞唱重聞迎白晝，龍歸但去赴黃沙。
長陵功過從頭論，赤縣風雲望眼賒。

【附】勞延煊〈次韻英時〈丙辰中秋即事〉〉

瑟瑟西風湛露華，寒輝萬里斗初斜。
平臺漏盡無遺詔，江浦秋清有落花。
寥廓情懷霜覆野，銷沉霸氣浪淘沙。
驪山高處餘孤家，橘子洲頭歲月賒。

賀宛君師母花甲

花甲初逢共舉觴，壽筵開處喜洋洋。
相夫教子人爭仰，孟母原來是孟光。

宛君師母花甲大慶

學生余英時、陳淑平　率伯蔚、仲蘅　同敬賀

花甲初逢共舉觴
壽筵同賀喜洋洋
相夫教子人爭仰
孟母原來是孟光
宛君師母花甲大慶
學生 余英時
陳淑平
率 伯雅
伯蘭
同賀

依韻延煊留別詩

一九七七年丁巳春

攜得春歸草木滋，客居況味足相思。
中年離合絲千縷，浮世聲華水一巵。
不信流沙渡李耳，未妨瀛海隱安期。
逸民只合傳經老，才說興亡論已歧。

【附】勞延煊〈留別英時〉（一九七七年丁巳正月）

迢遞河干兩雪滋，羈孤豈為稻粱思。
寂寥我對先生柳，脫略君輕祭酒卮。
廿載舊遊同此日，幾旬劇論忽歸期。
康橋春興方離別，秦樹嵩雲感路岐。

【附】陳穎士〈依韻延煊、英時留別贈答詩〉（一九七七年丁巳秋）

丁巳春延煊見示與英時劍橋留別贈答詩，久未奉和。適有鄉居書感之作，因步原韻兼酬兩友，時已入秋。

叢蘆淺草遶湖滋，松菊猶縈故國思。
雁近樓頭懷錦字，酒餘婪尾戀金卮。
儒冠駟馬知音在，勁質雄文舉世期。
獨愧生涯憂去住，臨波歎逝復臨岐。

贈別延煊返哥城

一九七七年丁巳春

半載流光忙裏過，一冬風雪客中居。
史裁自是君家物，春動歌城好著書。

【附】勞延煊〈奉和英時贈別〉（一九七七年丁巳）

北海樽前席不虛，雪中時訪碧山居。
明朝又向湖濱去，細讀彭城論史書。

【附】陳穎士〈偶感次韻延煊和英時贈別詩〉（一九七七年丁巳冬）

拈花微笑憑君解，煮酒論才敢自居？
黃絹亂裁千百卷，名山幾見有藏書。

讀陳寅恪先生《寒柳堂集》感賦 二律

又譜玄恭萬古愁，隔簾寒柳報殘秋。
哀時早感浮江木，[1]失計終迷泛海舟。
嶺外新篇花滿紙，[2]江東舊義雪盈頭。[3]
誰教更歷紅羊劫，[4]絕命猶聞嘆死囚。[5]（其一）

看盡興亡目失明，殘詩和淚寫孤貞。
才兼文史名難隱，[6]智澈人天劫早成。
吃菜事魔傷後死，[7]食毛踐土記前生。[8]
逢蒙射羿何須怨，[9]禍世從來是黨爭。（其二）

❶ 韓昌黎〈送李翱〉：「譬如浮江木，縱橫豈自知。」

❷ 先生辛丑七月答吳雨僧詩：「著書唯賸頌紅妝。」並自註云：「近八年來草《論再生緣》及《錢柳因緣釋證》等文凡數十萬言。

❸ 《世說新語》支愍度事先生詩文中屢用之，蓋自誓不樹新義以負如來也。此用先生〈辛卯送朱少濱退休詩〉原句。

❹ 舊傳丙午丁未為厄會，必有事變，謂之紅羊換劫。一九六六年恰值丙午之歲也。

❺ 先生卒前不久被迫作「口頭交代」，有「我現在譬如在死囚牢」之語。

❻ 先生己酉預輓夫人聯有「廢殘難豹隱」句。

❼ 「吃菜事魔」乃宋人斥摩尼教語。先生己亥〈春盡病起〉三首之三：「老去應逃後死羞。」

❽ 「食毛踐土」乃清廷公文中常語，見《柳如是別傳》。按：先生早已戲言「生為帝國之民，死作共產之鬼」，竟成讖語矣。

❾ 先生壬辰〈呂步舒〉詩，蓋有感而作，聞先生生前死後，受門弟子之害最甚。

讀陳寅恪先生寒柳堂集感賦二律　余英時

文譜玄蒼萬古愁，陽篇寒柳報殘秋。哀時早感浮江木，（韓昌黎「送李翱」：「譬如浮江木，縱橫豈自知」）失計終迷泛海舟。嶺外新篇花滿紙，（先生辛丑七月答吳雨僧詩：「著書唯賸頌紅妝。」並自註云：「近八年來草論再生緣及錢柳因緣釋證等文凡數十萬言」）江東舊義雪盈頭。（世說新語支愍度事先生詩文中屢用之，並自誓不樹新義以負如來也。此用先生辛卯送朱少濱退休詩原句。）誰教更歷紅羊劫，（舊傳丙午丁未為厄曆，必有事變，謂之紅羊換劫。一九六六年恰值丙午之歲也。）絕命猶聞歎死因。（先生卒前不久被迫作「口頭交代」，有「我現在譬如在死囚牢」之語。）

看畫與亡目失明，殘詩和淚寫孤貞。才兼文史名難隱，（先生己酉預挽夫人聯有「廢殘難豹隱」句。）智澈人天劫早成。吃菜事魔傷後死，（「吃菜事魔」乃宋人作摩尼教語。先生己亥「春盡病起」三首之三：「老去應逃後死羞。」）食毛踐土記前生。（「食毛踐土」乃清廷公文中常語，見「柳如是別傳」。按先生早已戲言「生為帝國之民，死作共產之鬼」，竟成讖語矣。）途窮射羿何須怨，（先生壬辰有「呂步溫」詩，蓋有感而作。聞先生生前死後受門弟子之害最甚。）禍世從來是黨爭。

「明報月刊」將有讀書生活專輯，來徵文，愧無以應。因念陳寅恪先生正是所謂「讀書種子」，謹錄舊體詩兩首以代之。一九八四年四月十三日英時記。

【附】

邢慕寰〈重讀英時著《陳寅恪晚年詩文釋證》並聯想及多年前所著《方以智晚節考》，久久不釋於懷，遂成一律〉（一九九一）

望雲觀海思無窮，懸想燃脂冥寫功。
方氏苦行陳氏節，儒家風骨史家忠。
天涯弘道參今古，象外成書象變通。
文化半隨塵劫易，有誰至此是豪雄。

【附】

邢慕寰〈再讀《陳寅恪晚年詩文釋證》〉（一九九九）

誰挽狂瀾既倒時，晚節空教後死悲。
文化燒殘秦火劫，人心夢斷晉桃谿。
興亡煩惱滄桑換，地老天荒歲月移。
捧讀遺篇同一哭，胡僧到底勝宣尼。

河西走廊口占[1]

昨發長安驛，車行逼遠荒。
兩山初染白，一水激流黃。
開塞思炎漢，營邊想盛唐。
時平人訪古，明日到敦煌。[2]

❶ 編按：余英時〈「嘗僑居是山，不忍見耳」〉：「這次我們的代表團在中國先後旅行了整整一個月。我們的任務是訪問漢代遺跡，所以足跡所至大致以『秦時明月漢時關』為主，在洛陽、西安、蘭州、敦煌、昆明、成都等地各停留了兩三天。……二十年前我曾研究過漢代的中外經濟交通，河西走廊正是我的研究重點之一。但當年只是紙上談兵，對這條『絲路』並沒有親切的認識。這次從西安經蘭州去敦煌才使我瞭解祖先創業的艱難。這是程伊川所謂的『真知』。在蘭州至敦煌的途中，我有〈河西走廊口占〉一詩。」（《文化評論與中國情懷》，允晨文化，一九八八，頁三七六—三七八。）張先玲〈在北京包餃子的期望〉：「昨發長安驛，車行逼遠荒。兩山輕染白，一水激流黃。開塞思炎漢，營邊想盛唐。世平人訪古，明日到敦煌。」有二處異文。（《心有思慕：余英時教授紀念集》，聯經出版，二〇二二，頁三五—三六。）

❷ 編按：時平，即余英時、陳淑平。

朝發長安驛車行遍遠荒祁山
初染白一水激流黃關塞思炎漢
營邊想盛唐時平人訪古明日
到敦煌

一九七八年河西走廊口占舊作

道群兄兩正

戊戌春潛山八十八叟余英時

訪故國感懷

二首[1]

鳳泊鸞飄廿九霜，如何未老便還鄉。
此行看遍邊關月，不見江南總斷腸。[2]（其一）

一彎殘月渡流沙，訪古歸來興倍賒。
留得鄉音皤卻鬢，不知何處是吾家。[3]（其二）

❶ 編按：余英時〈「嘗僑居是山，不忍見耳」〉：「一九七八年十月我第一次回到中國大陸，離開出國的時間已整整二十九年了。從東京飛北京那幾個小時，心情真是有說不出的激動。」（《文化評論與中國情懷》，允晨文化，一九八八，頁三七六。）

❷ 編按：余英時〈「嘗僑居是山，不忍見耳」〉：「限於訪問團的性質，我們的行程基本上不包括我少年時代所熟悉的江南。其中雖預計在南京停留一天，訪問紫金山的天文臺，但又因班機延誤而臨時取消了。以我們的學術任務而言，此行可謂了無遺憾，即以開擴眼界而言，此行也收穫至豐。但是失去重到江南的唯一機會，對我個人而言，則實不勝其惆悵。所以在離開北京的前夕，我曾寫下這樣幾句詩。」（見前註，頁三七八—三七九。）

❸ 編按：余英時〈「嘗僑居是山，不忍見耳」〉：「從敦煌回來，要在清晨三時左右乘汽車趕到柳原。殘月在天，在橫跨戈壁的途上先後遇到多起駱駝車向敦煌的方向進行，也許是趕早市的村民吧。我當時不禁想到：這豈不是兩千年前此地中國人的生活寫照嗎？除了我們乘的汽車，兩千年來的敦煌究竟還有些什麼別的變化呢？……至少以這個地區而言，漢代的敦煌是比今天要繁榮熱鬧得多了。我的『中國情懷』禁不住又發作了，這也有詩為證。」（見前註，頁三七八。）

鳳泊鸞飄廿九霜如何未老便還鄉此行看
遍邊關月不見江南總斷腸　一灣殘月渡
流沙訪古歸東興倍賒留得鄉音皤卻鬢
不知何處是吾家

一九七八年余有故國之行途中偶有吟詠聊志一時感
慨黃橋兄讀而好之爰錄兩首如右以供
清賞並乞雅正

一九八五年七月余英時

調寄西江月[1]

初訪鳴沙山下，莫高藏寶無窮；
漢唐藝術有遺踪，文化中西並重。

[1] 編按：張先玲〈在北京包餃子的期望〉文中另有〈題敦煌文物研究所紀念冊〉：「初訪鳴沙山下，莫高瑰寶無窮；漢唐藝術有遺踪，風格中西並重。」有三處異文。（《心有思慕：余英時教授紀念集》，聯經出版，二〇二二，頁三六。）

韋齋《哲學史》三卷殺青，抒懷詩以奉答

草玄三卷足千秋，直探河源判九流。
舉世昏昏隨瞎馬，[1]孤懷炯炯解全牛。
偶尋奕趣爭殘劫，每託詩箋寫壯猷。
眼底興亡心上影，國門回首有新愁。

韋齋《哲學史》三卷殺青，有〈山居即事〉七律四首，抒懷詩以奉答，並乞吟正

己未冬　弟余英時　呈稿

[1] 編按：唐端正〈悼念余英時兄〉：「舉世紛紛隨瞎馬」有一處異文。（《心有思慕：余英時教授紀念集》，聯經出版，二〇二二，頁一一。）

年來三峽呈千秋直操河源判九淵

摹研晉之隨瑤馬孤懷惘～靜今年

偶尋奕趣筆殘叛無託詩箋鷹壯

歡眼底興已心畫影國門四首有

新態

　韋齋指學史之棗教青有山居即興七絕四首

抒懷詩一筆答並乞

吟正

乙未冬弟余英時遙稿

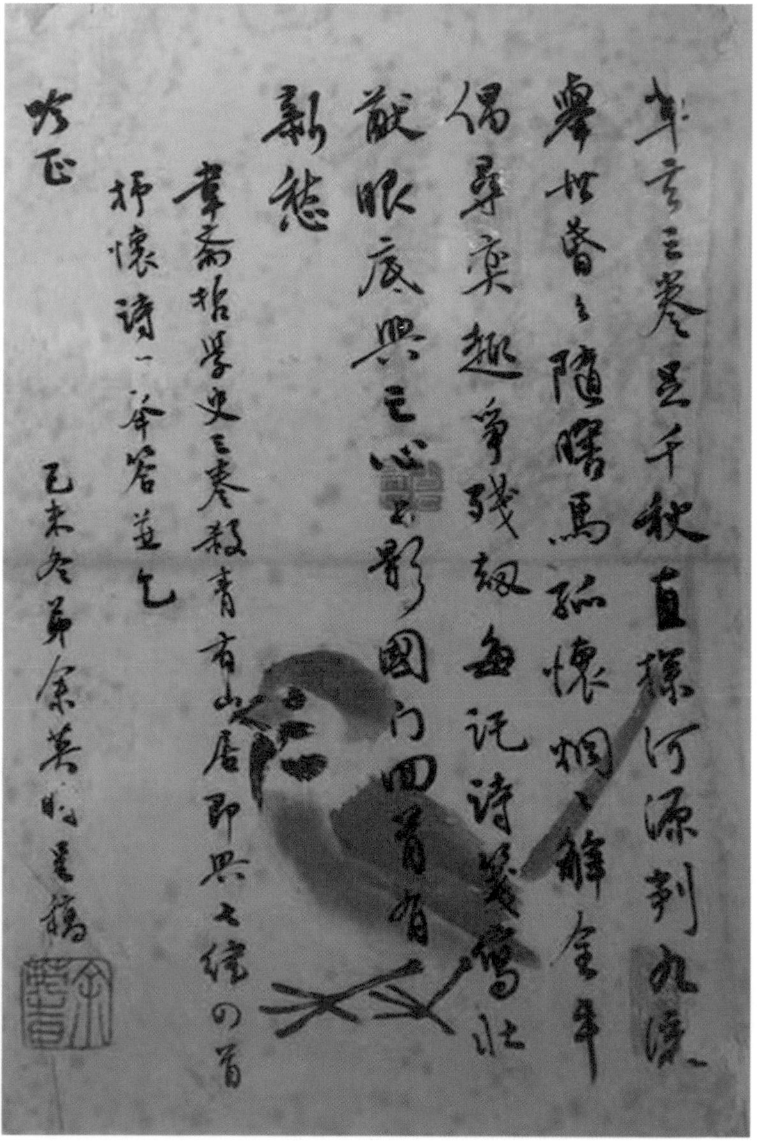

【附】勞思光〈山居即事〉四律（己未，一九七九）

山居倍覺世情疏，入眼風光足畫圖。
醉酒村人爭蟹爪，分魚稚女弄狸奴。
聞車乍記塵囂近，對月何妨帽影孤。
暇日掩關酣午睡，卻驚殘夢舊京都。（其一）

興廢真成壁上觀，偶因當戶惜芝蘭。
茫茫萬古多遺憾，草草平生敢自寬。
高枕玄思忘夜永，疏窗嚴氣卜冬寒。
頻年勘破升沉理，始信伊川境至安。（其二）

誰擲金輪碎大千，麻姑慣說海成田。
鄧林有恨難追日，華嶽何緣欲接天。
惑眾尚聞宣四教，足民未必效三年。
劇憐曲散城西後，萬戶飛霜絶管絃。（其三）

回天心事百無成，暮景相侵意轉平。
每悔多言刪少作，久排眾議感孤明。
昏昏世亂誰先覺，落落才難幾後生。
知命忘憂吾分定，玉龍深鎖莫狂鳴。（其四）

默存先生贈詩感賦

默存先生贈「舊作四篇」，中有論「人間喜劇」語，感賦。

偶向雲中露一鱗，十年留得血痕新。
人間喜劇成悲劇，衹為君王怨鬼神。[1]

[1] 鬼神兼指「牛鬼蛇神」也。

謝錢鍾書楊季康夫婦[1]

藝苑詞林第一緣，春泥長護管錐編。
淵通世競尊嘉定，慧解人爭說照圓。[2]
冷眼不饒名下士，深心曾託枕中天。[3]
輶軒過後經風雨，[4]悵望齊州九點煙。

❶ 編按：余英時〈我所認識的錢鍾書先生〉：「一九七九年別後，我便沒有再見過他了，不過還有一點餘波，前後延續了一年多的光景……最使我感動的是在《管錐編》第一、二冊出版後，他以航郵寄賜，扉頁上還有親筆題識。不久我又收到他的《舊文四篇》和季康夫人所題贈的《春泥集》。受寵若驚之餘，我恭恭敬敬地寫了一首謝詩……《管錐編》第三、四冊面世，他又以同樣辦法寄贈，以成完璧。我復報之以〈讀《管錐編》〉三首。」（《余英時雜文集》，聯經出版，二〇二二，頁五一—五二。）李懷宇〈你方唱罷我登場〉：「錢鍾書先生在贈余先生《管錐編》的扉頁上題詞：『誤字頗多，未能盡校改，印就後自讀一過，已覺須補訂者二三十處。學無止而知無涯，炳燭見跋，求全自苦，真痴頑老子也。每得君書，感其詞翰之妙，來客有解事者，輒出而共賞焉。今晨客過，睹而嘆曰：「海外當推獨步矣。」應之曰：「即在中原亦豈作第二人想乎！」並告以入語林。』」（《余英時訪問記》，允晨文化，二〇二二，頁一〇六。）

❷ 錢大昕；王照圓，郝懿行夫人，才學為有清一代之冠。

❸ 默存先生《圍城》，今之《儒林外史》；季康夫人以劇作名家。

❹ 編按：唐端正〈悼念余英時兄〉：「輶軒過後經秋雨」有一處異文。（《心有思慕：余英時教授紀念集》，聯經出版，二〇二二，頁一二。）

讀《管錐編》三首❶

臥隱林巖夢久寒，麻姑橋下水湍湍。
如今況是煙波盡，不許人間有釣竿。❷

「避席畏聞文字獄」，龔生此語古今哀。
如何光武誇柔道，也為言辭滅族來。❸

桀紂王何一例看，誤將禍亂罪儒冠。
從來緣飾因多欲，巫蠱冤平國已殘。❹

❶ 編按：見本書頁七二，註1。
❷《全漢文》卷二十。
❸《全後漢文》卷十四。
❹《全晉文》卷三七。

卧隱林巖夢久寒麻姑橋下
水潺潺如今况是烟波盡不許
人間有釣竿

舊作錄奉

元和方家 雅正

一九八二年 英時

聞黛玉葬花感賦

重撫殘編說大荒，雅音一曲聽埋香。
終憐木石姻緣盡，任是無情也斷腸。

一九八〇年首屆國際紅學會議席上聞黛玉葬花感賦

英時

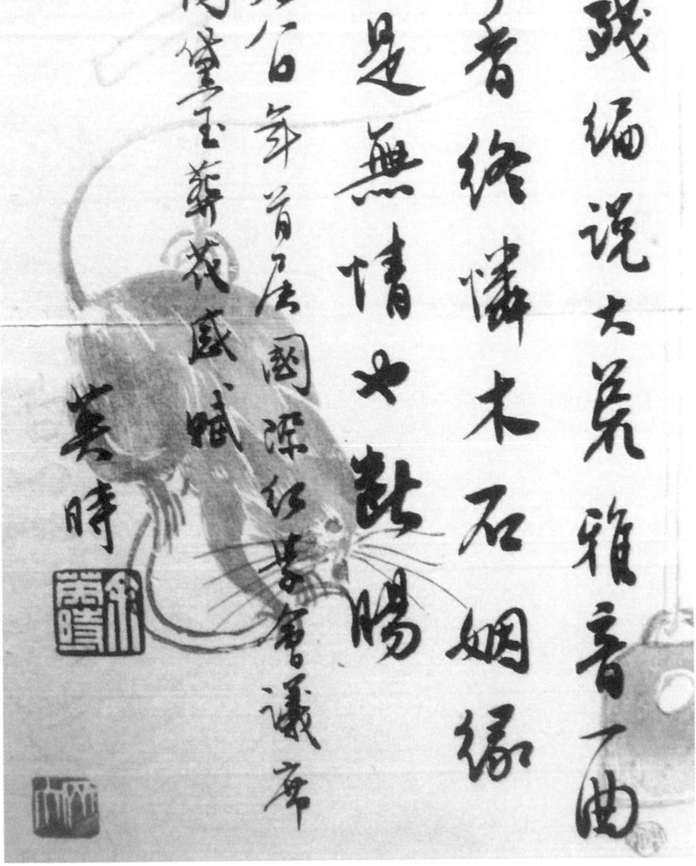
重撫殘編說大荒雅音一曲
聽埋香絕憐木石姻緣
盡任是無情也斷腸
一九八〇年首屆國際紅樓夢會議席
上閱黛玉葬花感賦
英時

雪翁八秩大慶

二首[1]

國手能安劫後危，十年籌策算全棋。
平生志業歸青史，晚歲行藏付墨池。
天以仁心增壽考，人憑老眼望明時。
投竿且與仙翁約，一局長生賭紫帔。

始信姻緣有宿因，十年侍座倍情親。
楸枰早已輸先著，翰墨真當愧後塵。
席上愛斟新酤酒，燈前每話舊時人。
太平他日開家宴，浮海同歸醉好春。

國手能安劫後危十年籌策算
全棋平生志業歸青史晚歲行
藏付墨池天以仁心增壽考人
憑老眼望明時投竿且與仙翁
約一局長生賭紫帔始信姻緣
有宿因十年侍座倍情親楸枰
早已輸先着翰墨真當愧後塵
席上愛斟新酤酒燈前每話舊
時人太平他日開家宴浮海同
歸醉好春

雪屏丈八秩大慶英時既呈
詩上壽遂書此借獻並祝
福壽康樂無疆

晚 充和敬賀

❶編按：余英時《張充和詩書畫選．序》：「一九八一年我寫了兩首七律祝雪翁八十初度。但我的書法不能登大雅之堂，所以乞援於充和。」（《張充和詩書畫選》，三聯書店，二〇一〇，頁七。）李懷宇〈傅漢思和張充和〉：「一九八一年，陳雪屏先生八十大壽，我寫了兩首詩，請張充和寫字，掛在陳先生家裡。」（《余英時談話錄》，允晨文化，二〇二一，頁七四—七五。）

敬和芝生先生朱熹會議誌感

白鹿青田各有宗，千年道脈遍西東。
鵝湖十日參同異，變盡猖狂一世風。

【附】馮友蘭〈朱熹會議誌感〉

白鹿薪傳一代宗，流行直到海之東。
何期千載檀山月，也照匡廬洞裏風。

【附】陳榮捷和詩

建陽檀島各西東，晦翁無心一葉通。
八十英才談太極，德性學問果然同。

【附】李澤厚和詩

讀諸賢唱和，久不作詩，步韻一首。

紛紛海外說儒宗，檀山初會會西東。
何當共振中州學，便卜他年草上風。

浣溪紗

贈充和

絕藝驚才冠一時，早從爛漫證前知，便攜歌舞到天涯。
閒寫蘭亭消永晝，偶裁鳳紙記相思，任他鏡裏鬢添絲。

不作詞三十年矣，頃　充和囑題書冊，勉成〈浣溪紗〉小詞，請
充和方家兩正

一九八三年　英時

絕藝驚才冠一時早從煙漫識前
知便攜歌舞到天涯 閒寫蘭
亭消永晝偶裁鳳紙記相思任
他鏡裏鬢添絲

不作詞三十年矣 頃 元和囑題書冊
勉成浣溪沙小詞請
元和方家兩正

一九八二年 英時

壽錢賓四師九十

七律四首

博大真人世共尊，著書千卷轉乾坤。
公羊實佐新朝命，司馬曾招故國魂。
陸異朱同歸後案，墨兼儒緩是初源。
天留一老昌吾道，十載重來獻滿樽。（其一）

浪捲雲奔不記年，麻姑三見海成田。
左言已亂西來意，上座爭參杜撰禪。
九點齊煙新浩劫，二分禹域舊因緣。
闢楊距墨平生志，老手摩挲待補天。（其二）

浪捲雲奔不記年
麻姑三見海成田
左言已亂西來意
上座爭參杜撰禪
九點齊煙新浩劫
二分禹域舊因緣
闢楊距墨平生志
老手摩挲待補天

東方
小五賢伉儷雅正

丙申七夕後五日

余英時

挾策尋幽事略同，先生杖履遍西東。
豈貪丘壑成奇賞。為訪關河仰古風。
白鹿洞前流澤遠，蒼龍嶺上歎途窮。❶
儒門亦有延年術，祇在山程水驛中。（其三）

海濱回首隔前塵，猶記風吹水上鱗。
避地難求三戶楚，占天曾說十年秦。❷
河間格義心如故，伏壁藏經世已新。❸
愧負當時傳法意，唯餘短髮報長春。（其四）

❶ 蒼龍嶺乃華山絕險處，韓昌黎詩「華山窮絕徑」，殆即指其地。《國史補》遂有韓公不得下山之傳說。先生《師友雜憶》言及白鹿洞及華山韓公故事。

❷ 《法言》：「史以天占人，聖人以人占天。」

❸ 河間竺法雅首創格義之學。

壽錢賓四師九十　回首之一

海濱回首隔蓬壺猶記風吹水上鱗
避地難求三戶楚占天曾說十年秦
河間格義心如故伏壁藏經世已新
愧負當時傳法意唯餘短髮報長春

二十世紀戊戌回憶舊事敬錄之

潛山八十八叟余英時

勸阻張充和退休[1]

充老如何說退休，無窮歲月是優游。
霜崖不見秋明遠，藝苑爭推第一流。

[1] 編按：余英時《張充和詩書畫選．序》：「大約在八〇年代初，她忽動倦勤之念，閒談之中屢次談到退休的話。我當時寫了一首詩勸阻……詩雖打油，意則甚誠。我用『充老』，取雙關意，是說她尚未真老，不必退休。『霜崖』、『秋明』則分指崑曲宗師吳梅和書法大家沈尹默。」（《張充和詩書畫選》，三聯書店，二〇一〇，頁六。）

赴普林斯登道中作

一九八六年四月[1]

招隱林園事偶然，浮家久托鳥窠禪。
莊周曠放猶求友，王粲流離莫問天。
桑下自生三宿戀，榆城終負十年緣。
輕車已入西州境，風物窗前看換遷。

❶ 編按：李懷宇〈招隱園林事偶然〉：「招隱園林事偶然，浮家久托鳥窠禪。莊周曠達猶求友，王粲流離莫問天。桑下自生三宿戀，榆城終負十年緣。輕車已入西州境，景物窗前任換遷。」有四處異文。（《余英時談話錄》，允晨文化，二〇二一，頁九四。）

招隱林園事偶然
浮家久托鳥窠禪
莊周曠放猶求友
王粲流離莫向天
桑下自生三宿戀
旅棲終負十年緣
輕車已入西州境
風物窗前看換遷

一九八六年四月赴
普林斯頓道中作

欽次
康宜 兩正

一九八七年四月 余英時

岳丈雪翁春秋九十

繞膝今稱九十觴，長筵四代喜同堂。
人居東海觀潮汐，詩補南陔有棟棠。
初見便知青在眼，重逢每感暖生腸。
已與嬌女殷勤約，待祝期頤醉一場。

中華民國七十九年舊曆十月二十六日，岳丈雪翁春秋九十覽揆之辰，而適以資政致仕。余阻於事，不克與嘉會，謹獻長句以代祝嘏之辭云爾。

婿余英時　敬書

憶昔全椒九十賜長進四代喜同堂人居東

海觀頤期沖謀補南陔有棟棠初見便如有

在眼重違如廈暖生賜已與隔丝經朝初

倚睨相頤醉一場

中華民國六十九年舊曆十月二十八日是文雲首春秋

九十遠禮已庚為逭卅年矣欣欣然見兒孫

誇孫一句以伐旺如之勝云耳

叶公安晧敬書

賀之棠三兄六十初度　二首

四世同堂古亦稀，況當澆薄說今時。
喜君忠孝能傳業，福壽無涯定可期。
與子同袍二十年，相看華髮半盈顛。
楸枰記否呵呵笑，一路饒棋到幾先。

之棠三兄六十初度，謹獻小詩二首，一莊一諧，祝
之棠三兄、念蓉三嫂雙壽
民國八十一年　英時、淑平　同賀

四世同堂古亦稀
況當滬瀆說今時
喜君忠孝能傳業
福壽無涯定可期

與子同袍二十年
相看華髮半盈顛
楸枰記否吟吟笑
一路饒棋到幾先

之棠三兄六十初度謹獻小詩二首一莊一諧祝

之棠三兄
忠蓉三嫂 雙壽

民國六十一年 英時
淑平 同賀

追念錢穆先生

華胥一夢百年身，歸骨難招故國魂。
學史應時知進退，知人論世應浮沉。
他山樂土無非客，是處僑居不忍心。
遙望五湖楓葉落，康橋依舊漾波痕。

贈高友工[1]

十年重聚普林城，每話康橋百感生。
今日曲終聞雅奏，依然高士愛泉清。

半載以來，友工兄相見，必屆指計講程，如時鐘之倒數然，今則止矣。

友工老兄雅正

戊寅歲暮　英時、淑平

[1] 編按：余英時：「一九九八年十二月十八日，在他（高友工）講最後一堂時，我寫了下面一首七絕相贈。」（《余英時回憶錄》，允晨文化，二〇一八，頁二一四。）

十年重聚舊林城每話康
橋百感生今日曲終聞雅奏
依然高士愛泉清

半載以來友工兄相見必屈指計講
程如時鐘之倒數然今則止矣

友工老兄雅正

戊寅歲暮

英時

淑平

賀艾理略先生六十五初度[1]

壽翁今歲六十五，豪傑其人業則賈。
戊辰初降馭飛龍，長入名黌跨神虎。
高門奕葉能尊古，平生尚友圖書府。
博濟豪施例隱名，藝苑文林及時雨。
昔年招飲造庭廡，曾共阿母捉談麈。
先意承志致親歡，若在漢朝以孝舉。
神州奮起爭民主，獨夫一怒揮刀斧。
寰球和淚看屠城，天安門前血漂杵。
翁覩此景心惻楚，解囊百萬擲如土。

上庠館舍妥安排，多士至今未失所。
我嘗聞諸古人語，唯有仁者享天祐。
佇待耄耋與期頤，一一奉觴歌且舞。

余友艾理略先生六十五初度，普林斯頓大學東亞研究同仁共謀祝嘏。余承命獻詞，因略就所知，敘其生平如此。「招飲」句亦紀實，陳淑平與焉，詩中特及之，從其意也。

一九九三年癸酉　余英時　撰並書

❶ 編按：余英時〈記艾理略與中國學社的緣起〉：「詩中有幾句應略加註釋。他生在一九二八龍年，故云『馭飛龍』，『虎』是普林斯頓大學的校徽，故曰『跨神虎』。又其人事母至孝。其母生前我們曾去他家小飲，他真正做到中國人所說的『承歡』兩字。」（《歷史人物與文化危機》，東大圖書，一九九五，頁一五〇。）

壽翁今歲六十五，豪傑其人，業則實。戊辰初降，馭飛龍，長入名
黌。講神虎高門奕葉，能尊古；平生尚友圖書府。博濟壽施例隱
名藝苑文林，不時雨。昔年格飲遣庭廳，曾共陽母提讀，聲先意
承志致親歡，若在漢朝以孝舉。神州奮起，舉民主，獨天一攬揮
刀斧，震驚和虎看屠城。天安門前血濺，祚翁觀此景，心惻楚解
囊，百萬擲如土。上庠館舍嶄安排，多士至今東失戰會聞諸
古人語，唯有仁者壽。天祐仔待耄耋與期頤，一奉觴歌且舞。

余友文理碁先生六十五祝度，香林斷起大學東亞研究同仁
共謀祝嘏，余承乏一試詞，閱略就所知敘其生平，如此格飲句亦
紀實，陳叔平與焉，詩中特及之，從其意也。

一九九三年 癸酉　余英時撰并書

賀司馬璐八十壽誕

曾讀鬥爭十八年，香江反共萬人傳。
如今八十祝嵩壽，傲骨峥嶸老更堅。

余初識司馬璐先生於香港，屈指垂五十年矣。先生早歲抱救國之志，曾加入中國共產黨組織。既入局中，旋即洞燭其領導核心之奸惡深險，假名愛國，而曾無絲毫民族文化意識。於是先生持正義精神與之周旋，至十八年之久。五〇年代初，撰《鬥爭十八年》於香港，萬人競讀。余亦讀者之一也。春秋之筆，嚴於斧鉞。後有修中共信史者必將有所取材，無可疑者。自是以後，又已四十餘年。國際風雲變幻，目不暇接，而先生抨擊極權暴政，不遺餘力，曾不因惡勢力之或消或長，而稍易其初衷，蓋本於程正叔所謂真知也。

今值先生八十覽揆之辰，余夫婦適有行程，不克登堂祝嘏，爰就所知於先生之生平者，寫短章為賀，並略敘梗概於此冊，與有敬慕先生志節如余夫婦者，儻亦願署名於後歟？

一九九九年七月七日

余英時、陳淑平　同賀

賀歐梵玉瑩結縭之喜

歐風美雨幾經年，一笑拈花出梵天。
爛縵餘情人似玉，晶瑩宵景月初圓。
香江歐浦雙城戀，詩谷康橋兩地緣。[1]
法喜維摩今證果，竚看筆底起雲烟。

歲次庚辰雙千禧伊始賀
歐梵、玉瑩結縭之喜
余英時　陳淑平

[1] 芝加哥聞一多又譯作「詩家谷」。

歐風美雨幾經年一笑拈花出梵天爛
縵餘情人似玉晶瑩宵景月初圓香江
歇浦雙城戀詩谷康橋兩地緣法喜維摩
今證果許看筆底起雲烟

歲次庚辰雙千禧伊始 賀

歐梵
玉瑩 結褵之喜

余英時
陳淑平

輓沈燕姨母

四首[1]

海上飛翔日，悠悠六五年。
績溪題句在，重讀一淒然。（其一）

聞道少年侶，英倫難別離。
驚鴻當日影，垂老尚依依。（其二）

灑落超流輩，清才並世推。
誰知天地閉，隱沒不須悲。（其三）

輓沈燕嫂母四首

其一

海上飛翔日，悠悠六五年。
績溪題句在，重讀一淒然。

其二

聞道少年侶，英倫難別離。
驚鴻當日影，垂老尚依依。

其三

灑落超流輩，清才並世推。誰知天地閉，
隱沒不須悲。

其四

亂世能全志，斯人智最高。無慚名父女，
來去總逍遙。

二〇〇二年十一月二十二日

余英時
陳淑平 敬輓

亂世能全志，斯人智最高。
無慚名父女，來去總逍遙。（其四）

二〇〇一年十一月二十二日　余英時、陳淑平　敬輓

❶ 淑平姨母沈燕是沈崑三先生之獨女，早年留學英國，又曾伴父隨胡適到美國開太平洋學會，船上胡適有贈沈燕詩，頗傳誦於親友間。第一首即指胡適贈詩，見《胡適日記》一九三六年在太平洋上與沈氏父女交往事。第二首指蔣碩傑在倫敦追求沈燕事。蔣先生在康乃爾家中曾示我們他所攜沈燕當日照片。蔣追求之詳情則聞之吳元黎先生。

【附】《胡適日記》一九三六年七月廿一日

第二個七月廿一（Meridian）

霧鬢雲裾絕代姿，也能妖艷也能奇。

忽然全被雲遮了，待得雲開是幾時。

記七月十六日望富士山的景狀。

【附】《胡適日記》一九三六年七月廿二日

沈燕女士要我題她的紀念冊，寫一小詞送她遠遊：

大海上飛翔，

不是平常雛燕。

看你飛飛飛去，繞星球一轉。

何時重看燕歸來，養得好翅膀，看遍新鮮世界，更高飛遠上！

多謝申舅發三願

隔著太平洋，舅舅發三願。
三願都可償，第一身康健。
敬祝馬兒年，春風拂兩岸。

多謝申勇發三愿

隔着太平洋
勇之發三願
三愿都可讚
第一身康健
~~老年打油詩~~
敬祝馬兒年
春風~~园~~拂兩岸

賀愛爾曼、蔡素娥卜居普林斯頓

愛爾曼衍魚龍筆，寫盡明清場屋言。
來共素娥譜妙曲，更傳新響啟王孫。

小詩奉五姨清賞

地行仙變臥雲仙，收拾勞生息仔肩。
偶向塵寰覷睡眼，看他滄海換桑田。

小詩奉
五姨大人清賞
廿一世紀第二年立春　小妹、英時　敬獻

地行仙變卧雲仙　收拾勞生
息仔肩　偶向塵寰觀睡眼
看他滄海換桑田

小濤奉

五姨大人　清賞

廿一世紀第二年之春

小妹
英時　敬獻

壽之棠三兄七十初度 四首

敦厚聰明聚一身，昔年初見便相親。
如今福慧都修到，且作從心所欲人。（其一）

陽羨溪頭米勝珠，家和人壽足歡娛。
何妨競逐楸枰上，共譜商山九子圖。（其二）

四代同居笑語喧，曾看溫清侍椿萱。
君家累世傳慈孝，壽宴開時又抱孫。（其三）

何嘗軒冕減真淳，忠順勤勞是本根。

畢竟堂堂名父子，唯恃德業振高門。（其四）

之崇三兄七十初度賦詩四首為壽，字句經小妹點定。

二十一世紀第三年　英時　撰並書

申舅九十大慶　二首

光風霽月自由人，入此年來九十春。
放眼長看新世界，莫教二豎擾心情。（其一）
晚年萬慮已全消，祗犢猶憐孫女嬌。
隔歲便逢慶典日，重來紐約話前朝。（其二）

申舅九十大慶
淑平、英時　同賀

光風霽月自由人
又此年來九十春
放眼長看新世界
莫教二豎擾心情

晚年萬慮已全消
舐犢猶情孫女嬌
隔歲便逢慶典日
重來紐約話前朝

淑平
英時同賀

申舅九十大慶

序於梨華《在離去與道別之間》四首

一從天際起雷霆，秋葉紛飛散八溟。
譜出青河回夢曲，莫輕唱與世人聽。（其一）

螺螄殼作名利場，蠻觸相爭亦可傷。
淘盡浪花多少事，無言唯有赫貞江。（其二）

美人名士競風流，出入圍城那肯休。
省識多情真面目，猿啼鶴怨總溫柔。（其三）

紛紛朝聖憶當年，胡漢交融別有天。
曾寫江南腸斷句，任人記取作奇傳。（其四）

哭五姨

五律三首

一夕傳驚訊，仙遊返九天。
地行逾八秩，雲臥復多年。
來去無牽繫，逍遙卸仔肩。
親朋思不盡，圓滿了塵緣。（其一）

灑落真天性，藏暉不語中。
人心識深險，世道守寬沖。
娛老餘「三打」，遊神仗六通。
平生憶侍坐，駘蕩接春風。（其二）

憶昔香江聚，卅年夢幾迴。
橰蒲吐露港，招宴妙高臺。
啟德勞迎送，瑤灣記去來。
關情無限事，回首有餘哀。（其三）

小妹、英時　同泣輓　二〇〇三年十二月廿六日

哭五姨 五律三首

一夕傳驚訊，仙遊近九天，地行逾八秩，
雲卧復多年，來去無牽繫，逍遥卸仔肩。
親朋思不盡，圓滿了塵緣。

灑落真天性，藏暉不語中，人心識深險，
世道守寬沖，娱老餘「三打」，遊神仗六通，
平生憶侍坐，駘蕩接春風。

憶昔香江聚，卅年夢幾迴，樗蒲吐露港，
招宴妙高臺，啓德勞迎送，瑤灣記去來，
閒情無限事，回首有餘哀。

小妹
英時 同泣輓
二〇〇三年十二月廿六日

洪澤國際儒學歸來

越洋初訪淵翁居，點綴高軒壁上書。
忽覩曖依題畫句，令人長憶淵明廬。

日本平成甲申之秋，陶德民兄主持洪澤國際儒學研究會，邀參末議。起居行止皆妥為照拂。心感無既。會後同訪洪澤青淵翁故居，見壁間山居圖，翁親題「曖依」兩字，取「曖曖遠人村，依依墟里煙」之意，深為歎賞。詩語出陶淵明〈歸園田居〉六首之一，則因德民兄提示而後憶及之。師丹老而善忘如此，誠可笑也。歸來成小詩一首，以紀一時從游之樂云爾。書奉德民吾兄雅正

余英時

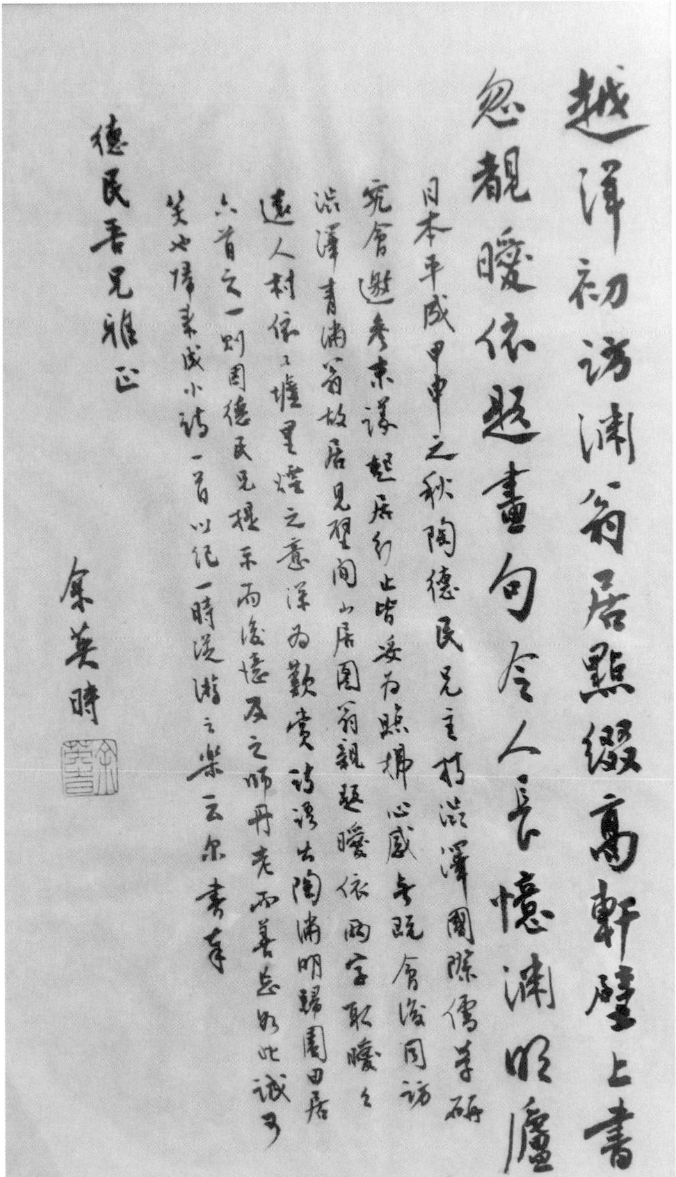
越澤初訪淵翁居點綴高軒壁上書
忽覩曖依題畫句令人長憶淵明廬
日本平成甲申之秋陶德民兄主持澁澤國際儒學研
究會邀參東瀛起居行止皆妥爲照拂心感無既會後同訪
澁澤青淵翁故居見壁間山居圖翁親題曖依兩字取曖曖
遠人村依依墟里煙之意深爲歡賞詩語出陶淵明歸園田居
六首之一則因德民兄提示而後憶及之師丹老而善忘如此誠可
笑也歸來成小詩一首以紀一時從遊之樂云爾 書事
德民吾兄雅正
余英時

有緣千里來相會

千里山前作道場，關西台北共商量。
群賢此會緣非淺，東亞儒門流澤長。

日本平成十六年九月中旬，關西大學主催東亞世界與儒教研討會，台灣大學東亞文明研究中心協贊之。中日韓學者歡聚大阪千里山下。敬題成語小詩以誌其盛。

余英時

有緣千里來相會

千里山前作道場　関西台北共商量
群賢此會緣非淺　東亞儒門流澤長

日本平成十六年九月中旬関西大學主催東亞世界與儒教研討會台灣大學東亞文明研究中心協贊之中日韓學者歡聚大阪千里山下敬題成語小詩以誌其盛

余英時

輓牟復禮詩　二首

近世論文史，公居最上游。
都城記白下，詩賦解青丘。
蕭譯傳瀛海，趙門取狀頭。
暮年成巨秩，一卷足千秋。（其一）

漢學開新頁，普城創業時。
攬才真有術，禮士更無私。
授道恃身教，關情托酒卮。
從公深自喜，微恨十年遲。（其二）

詩贈劉國瑞鄉兄

鄉邦遺獻結書緣，彈指流光卅五年。
與子而今成二老，重逢渾忘世情遷。

民國辛亥初識國瑞鄉兄於台北，緣桐城方中履《古今釋疑》故也。頃誦老杜「與子成二老」句，恍如隔世矣。

丙戌夏月　鄉弟余英時　呈稿

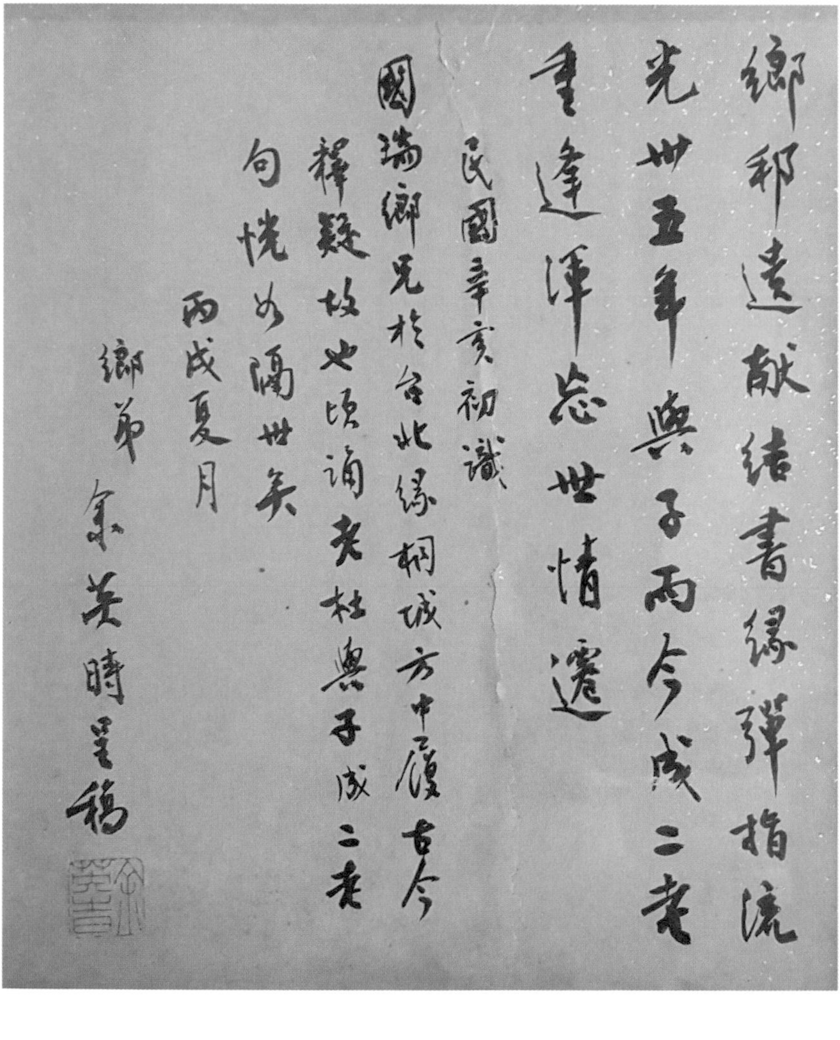
鄉邦遺獻結書緣彈指流
光卅五年與子而今成二老
重逢渾忘世情遷
民國辛亥初識
國瑞鄉兄於台北緣桐城方中履古今
釋疑故也頃詢老杜與子成二老
句恍如隔世矣
丙戌夏月
鄉弟
余英時呈稿

記新池初成

疏鑿新池水一涯，
欣然濠上入吾家。
鳥鳴魚樂渾忘世，
老興猶存學種花。

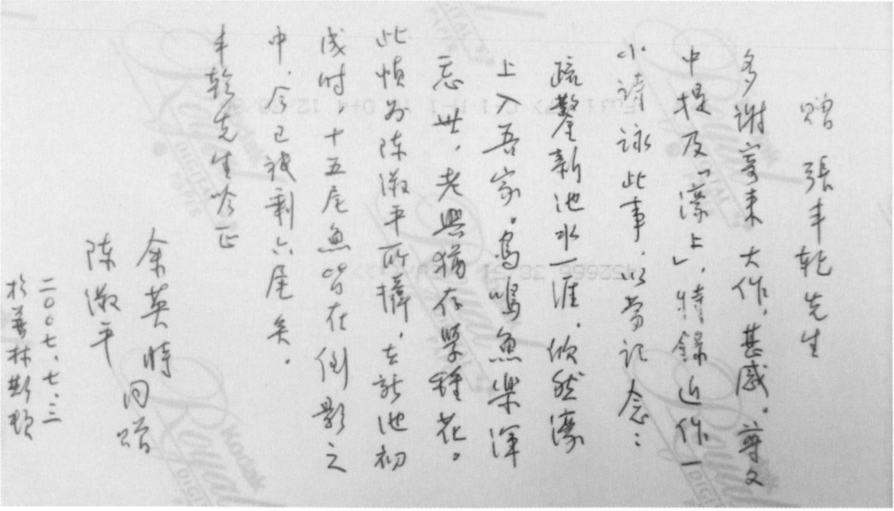
贈 張丰乾先生

多謝寄來大作，甚感。尊文中提及「濠上」，特錄近作一小詩詠此事，以資記念：

疏鑿新池水一涯，欣然濠上入吾家。鳥鳴魚樂渾忘世，老興獨存學種花。

此幀為陳淑平所攝，在新池初成時，十五尾魚皆在倒影之中，今已祇剩六尾矣。

丰乾先生吟正

余英時 兩贈
陳淑平

二〇〇七、七、三
於普林斯頓

賦小詩贈別陶德民兄

伴我扶桑十日遊，丹楓白露送高秋。
聆君細剖支那論，話到興亡動古愁。

平成丁亥，承陶德民兄殷勤接待，由大阪而名古屋而東京，先後共十日之久。途中得聞高論，尤以分析內藤湖南支那論，鞭辟入裏，獲益良多。每話及故國滄桑則不勝興亡之感。賦小詩贈別以志同遊之樂云爾。

余英時　二〇〇七年十月九日
於東京旅次

伴我扶桑十日遊丹楓白
露送高秋聆君細剖支那
論話到興亡動古愁

平成丁亥承陶德民先生殷勤接待由
大阪而名古屋而東京先後共十日之久
途中得聞高論尤以分析內藤湖南支
那論精闢入裏獲益良多每話及故
國滄桑則不勝興亡之感賦小詩贈別
以志同遊之樂云爾

余英時

二〇〇七年十月九日
於東京旅次

復旦文史研究院成立紀念

卿雲爛兮糺縵縵，日月光華旦復旦。
文史英才聚一堂，國魂未遠重召喚。

「反右」五十年感賦

四絕句

右袒香肩夢未成，負心此夕淚縱橫。
世間多少癡兒女，枉托深情誤一生。（其一）

未名湖水泛輕漚，池淺龜多一網收。
獨坐釣臺君不見，休將劫數怨陽謀。（其二）

橫掃斯文百萬家，更無私議起喧譁。
九儒十丐成新讖，何處青門許種瓜。（其三）

辱沒冤沉五十年，分明非夢亦非煙。
人亡家破無窮恨，莫叩重閽更乞憐。（其四）

「右袒香肩夢未成」，陳寅恪詠「反右」句，「分明非夢亦非煙」，鄧拓告別《人民日報》句，適可借用。

二〇〇七年五月二十三日定稿

「反右」五十年感賦四絕句　余英時

右袒香肩夢未成，負心此夕淚縱橫。世間多少癡兒女，枉托深情誤一生。

未名湖水泛輕漚，池淺龜多一網收。獨坐釣臺君不見，休將劫數怨陽謀。

橫掃斯文百萬家，更無私議起喧嘩。九儒十丐成新讖，何處青門許種瓜。

辱沒寃沉五十年，分明非夢亦非煙。人亡家破無窮恨，莫叩重閽更乞憐。

「右袒香肩夢未成」，陳寅恪詠「反右」句，「分明非夢亦非煙」，鄧拓告別《人民日報》之句，適可借用。

二〇〇七年五月二十三日定稿

詒和女士 正

余英時 〇七、六、五

史景遷兄榮休

舌開蓮葉筆生花，文史通才第一家。

今日杏壇將息影，佇看濃墨寫中華。[1]

二零零九年　余英時、陳淑平　同賀

[1] 編按：孫康宜〈文學偵探余英時〉：「史景遷退休的時候，余英時寫了書法，並偷偷寄給我，託我在史景遷退休會的時候親自把書法送給他，且要我翻成英文，當場唸出來。

His tongue opens like the leaves of the water lily, his brush blooms into flowers. / Excelling at literature and history, a talent of the highest degree. / Today he steps down from the teaching platform. / Still, we await his next work on China, written in thick dark ink.」

（「聯經思想空間」：https://www.linking.vision/?p=4935，二〇二一年九月十四日。）

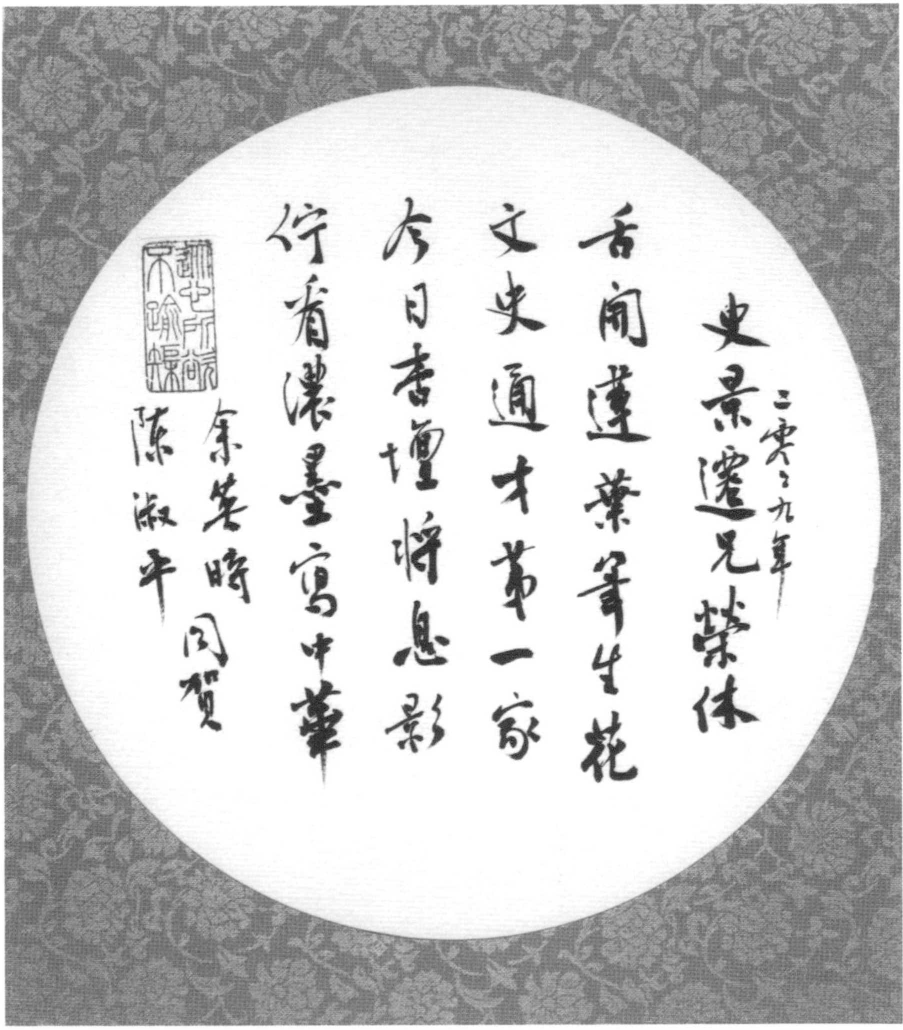
史景遷兄榮休
二零零九年
香聞蓮葉筆生花
文史通才第一家
今日杏壇將息影
仍看濃墨寫中華
余英時
陳淑平
同賀

賀彭國翔弟四十初度

不惑能教混沌開，達摩為此始東來。
龍場一悟緣何事，發得良知結善胎。

國翔弟四十初度賦小詩為賀

庚寅春　余英時

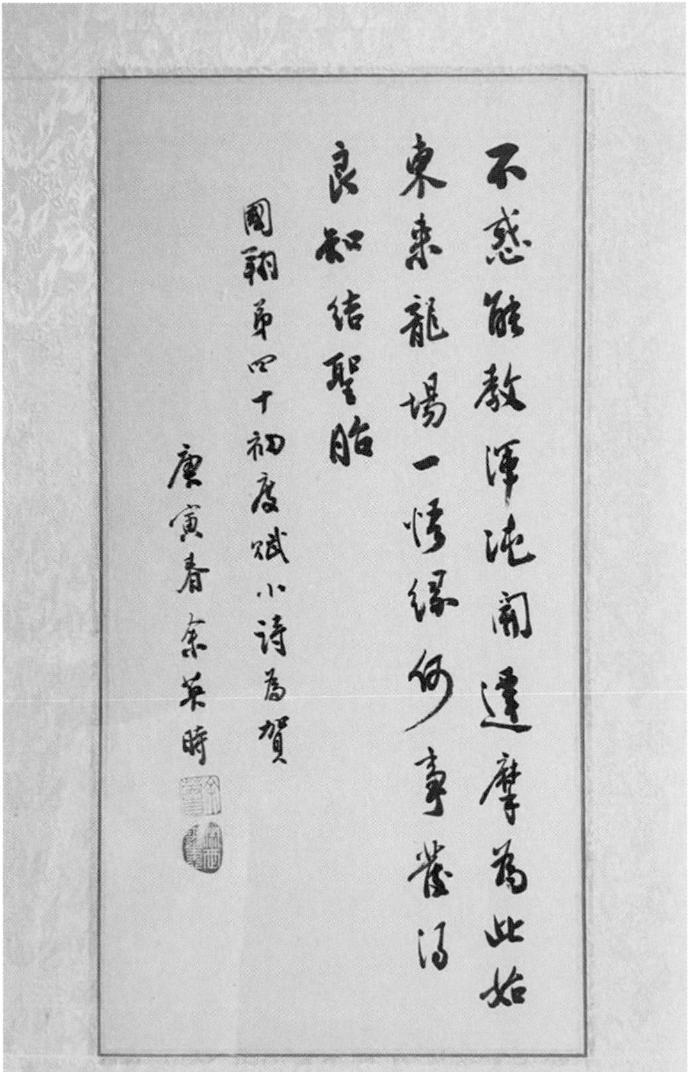
不惑雖教渾沌闢達摩為此始
東來龍場一悟緣何事發洞
良知結聖胎
國翔弟四十初度賦小詩為賀
庚寅春余英時

題《董橋七十》七首

少時浮海記潛修，文史中西一體收。
下筆千言瓶瀉水，董生才調世無儔。（其一）

鏤金刻玉妙成篇，流水行雲說自然。
昌谷名言應記取，補修造化不由天。（其二）

陽春白雪復何疑，散墨眉批寄遠思。
欲向集中尋雅趣，看他故事白描時。（其三）

古物圖書愛若癡，斯文一綫此中垂。
祇緣舉世無真賞，半解鄉愁半護持。（其四）

東籬採菊見南山，人道淵明鎮日閑。
讀到刑天舞干戚，始知猛志在胸間。（其五）

憶舊懷人事皎然，分明記得是從前。
官書自古誣兼妄，實錄唯憑野史傳。（其六）

贏得從心足自豪，韓潮蘇海正滔滔。
吾胸未盡吟詩興，留待十年再濡毫。（其七）

辛卯冬至　余英時

題《董橋七十》

少時浮海記潛修
文史中西一體收
下筆千言瓶瀉水
董生才調世無儔一、

鏤金刻玉妙成篇
流水行雲說自然
易容名言應記取
補修造化不由天二、

陽春白雪復何疑
散墨眉批寄遠思
欲向集中尋雅趣
滑他故事白描時三、

古物圖書愛若癡 斯文一綫此中垂
祇緣舉世無真賞 未解鄉愁幸護持 四、

東籬採菊見南山 人道淵明鎮日閑
讀到刑天舞干戚 始知猛志在胸間 五、

憶舊懷人事曉然 分明記得是從前
官書自古誣兼妄 實錄唯憑野史傳 六、

贏得從心足自豪 韓潮蘇海正滔滔
吾胸未盡吟詩興 留待十年再濡毫 七、

辛卯冬至 余英時

詩謝葛兆光戴燕

喜逢戴燕是同鄉，晚結知交葛兆光。
每歲花時開講論，幾回林下話滄桑。
徒聞顯學歸三後，且試新思向五羊。
感謝故人無限意，不辭千里訪官莊。

兆光應普大聘，每歲花時，偕戴燕同來小住已三年矣。余與淑平雖久隱林下，亦屢獲暢敘之樂焉。每聞兆光述學思動向，輒有啟悟，故頸聯云之三後者，後現代、後結構、後殖民是也。

今歲新正，戴燕省親合肥，其弟御特與兆光繞道潛山官莊，山迴水曲，備極辛勞。既至，則遍攝余兒時諸景，六十六年前往事，遂一一重現心頭。隆情高義，無可為報，詩以謝之。

壬辰春分後七日　余英時

喜逢戴燕是同鄉晚結知
交葛兆光每歲花時鬧講論
幾回林下話滄桑徒聞顯學
歸之後且試新思向五羊感
謝故人無限意不辭千里訪
官莊

兆光應晉大鵬每歲花時偕戴燕同來
小住二三日余一家與淑平雖久隱林下亦
常獲暢叙之樂焉每聞兆光述學思動向
輒有從情接頭轉云云三後者後現代後結構
後殖民是也
今歲新正戴燕有親合肥其尊御特與兆光
繞道潛山官莊山迴水曲備極辛勞既至則
遍攝余兒時諸景六十六年前往事遂一一重現
心頭隆情高義余可為報詩以謝之

壬辰春分後七日 余英時

三聯書店八十周年

三聯書店自始即以創闢新知為世所重，上世紀八十年代三聯創新之旨未變而復增出兼容並包之精神。自是以來，業績益為輝煌，隱然為中國學術思想導其先路，不亦卓乎。茲值三聯八十周年紀念，謹借龔定菴詩略易數字，以當賀詞。詩曰：

九州生氣恃風雷，萬馬齊瘖究可哀。
我願三聯重抖擻，不拘一格送書來。

壬辰端午後五日　余英時

三聯書店自始即以創闢新知為世所重上世紀八十年代三聯創新之旨未變而復增出兼容並包之精神自是以來業績益為輝煌隱然為中國學術思想導其先路不亦卓乎茲值三聯八十周年紀念謹借龔定菴詩略易數字以當賀詞詩曰

九州生氣恃風雷　萬馬齊瘖究可哀
我願三聯重抖擻　不拘一格送書來

壬辰端午後五日　余英時

賀鄭培凱退而未休

卅年道藝繫情思，動便開壇靜賦詩。
今日烏溪眺山海，退身正是著書時。

培凱退而未休，與鄢秀卜居烏溪沙，觀海望山，潛心述作，此人生至境也。

癸巳暮春　英時、淑平　同賀

卅年道藝縈情思　動便開壇靜賦詩
今日烏溪眺山海　退身正是著書時
培凱退而未休與鄧秀卜居烏溪沙
觀海望山靜心述作此人生至境也
癸巳暮春
葉時
淑平
同賀

賀之棠三兄八十壽

孝友慈和累世傳，一生福澤自綿綿。
行年八十康還健，共待期頤啟壽筵。

之棠三哥、念蓉三嫂雙壽
癸巳五月　英時、淑平　同賀

序朱鴻林《亮父詩稿》

余友朱君鴻林有《亮父詩稿》三卷，附《詞稿》一卷，命余讀而序之。余雅愛詩詞而涉淵未深，何敢序為？然與君相交數十年，義亦不容固辭，不得已，姑由君之為人與治學以窺其詩境。孟子云：「讀其書，不知其人可乎？」於詩亦然，故略師其意焉。設有人問焉：「鴻林君何如人耶？」答之曰：「至情至性之人也。」君不苟與人交，交則必推心置腹，久要不忘，契闊、窮達、死生，皆不足以易其誠。覩集中憶往、懷友、哭師諸什可知也。君深於乙部，於有明一代典章制度與夫儒學精微，述作尤富，馳譽海內外久矣。余察君治學之道，淳樸嚴謹，言不虛發，乾嘉之榘矱猶存，遷固之餘緒未絕，及發為詩歌，亦取則不遠。古體以文為師，渾灝古樸，近體則稱情而出，不染塵俗，學風詩格互為融貫，蓋有不期而然者焉。序既竟，結之以詩曰：

述作淵通久擅名，孔門掌教費權衡。
尚多餘興耽吟賞，數卷詩詞寄性情。

甲午初夏　潛山余英時　敬序
時年八十有四

余友朱君鴻林，有處父詩稿三卷，附詞稿一卷，命余讀而序之。余雅詩詞而涉獵未深，何敢序焉。然與君（雅下脫愛字）相交殆十年，義亦不容固辭，不得已姑由君之為人與治學以窺其詩境。孟子云讀其書不知其人可乎，於詩亦然。故略術其意焉。設有人問鴻林君何如人耶，答之曰：至情至性之人也。君不苟與人交，交則必推心置腹，久要不忘，契闊窮達死生皆不足以易其誠，觀集中懷舊懷友哭師諸什可知也。君深於乙部，於有明一代典章制度與夫儒學精微，述作充富，馳譽海內外久矣。余累君治學之道，淳樸嚴謹，言不虛發，乾嘉之樸學猶存，選刊之餘緒未絕。及發為詩歌，亦取則不遠，古體以文為詩，渾厚古樸，近體則緣情而出，不染塵俗，與君詩格互為融貫，蓋有不期而然者焉。序既竟，係之以詩曰：

述作闡通久擅名，孔門學啟貴權衡。
尚多餘興耽吟賞，數卷詩詞寄性情。

甲午初夏潛山余英時識，序時年八十有四

❶ 灝兄博士論文研究梁任公，以其《新民說》為始點。

❷「幽暗」指其「幽暗意識」之名作。

談笑居然八十翁
康橋回首記初逢
環滁故里吟歐九
浮海新民語任公
幽暗已成千古慮
圓融欣見一家同
與君共入逍遙境
莫教塵緣更惱儂

一九五九年初逢灝兄於康橋詢以祖籍曰滁縣並吟
歐公環滁皆山也為記迄今記憶猶新今歲兄八十詩以壽之

灝兄
馭姊　雙壽

丙申七夕後五日　英時
淑平　同敬賀

盛永曉子、寒庵真珍將返東京定居，詩以贈行

三十年間記兩家，公情私義共生涯。
經營學社同甘苦，觀賞優曇度歲華。
迢遞京都山下路，崢嶸古寺雨中車。
永懷陶染無窮樂，江戶遙思慕遠霞。

《二十一世紀》卅年感賦

當時開筆欲迴天，今日重思徒悔慚。
回首卅年聊自解，有言畢竟勝無言。

《二十一世紀》創刊，余亦恭與其盛。當時妄欲藉文字以挽世運，今日回顧，徒自慚耳。茲值卅年之慶，感賦小詩為賀。

二〇二〇年九月　余英時

當時開筆欲迴天今日重思
徒悔慚回首卅年聊自解有言
畢竟勝無言

二十一世紀創刊余忝恭與其盛當時豪欲
藉文字以挽世運今日回顧徒自慚耳
特值卅年之慶感賦小詩為賀

二〇二〇年九月　余英時

銘文

吳君火獅行誼

君姓吳諱火獅，世居臺灣新竹，家貧，十歲始入鄉校，日赤足往返數里，趾為之裂，而益自踔厲。先是君父諱化，嘗與築路之役，不慎折股，早致廢疾，賴母氏共營生計，勉力遣君就傅，故能不避艱苦如此。君聰慧勤學，尤擅珠算，課業嘗冠全班，以衣著襤褸，日籍教師竟降置第二。蓋遜清光緒甲午之敗，日本強奪臺灣、澎湖，及君之生已二十五年，家國之痛自幼即深感之矣。小學卒業即習賈，入平野商店。店在臺北，日人所經營之布業也。君白晝勤奮倍同儕，入夜猶自修簿記不輟。年十九嘗私擬商業計劃書，細密弘大，兼而有之，為經理小川光定所見，詫為奇才。翌年乃斥資別設小川商行，由君兼領，許以什一之利，君之駿發，蓋自此始。行中十餘人，君年最幼，所任獨艱鉅，足跡遍臺南及日本通都大邑。時臺南以布業者，多良賈，君轉益多師，操術日精進。越數年，值戰爭末年，布業尤稱蕭條，然君以深明積著變通之理，小川商行竟獨步同業，而君亦駸駸乎為中賈焉。民國三十四年臺灣重入吾華版圖，乃創設新光商行於臺北，此君獨立經營之始也。君不忘鄉土，又飲水思源，故行名初於故鄉新竹及故人小川光定二名中各取一字。或問之曰：得非取新民光復之義乎？君莞爾曰：是固亦余之素志也。光復之初，臺灣但有布業，無紡織業。蓋是時主要工業率歸政府專責。工礦者，與水泥、農林、紙業並稱四大國營公司，而紡織在焉。且外匯既受管制，民間亦不得進口機器。及上海紡織鉅子相繼避難渡海，或有遷廠至者，於是民營亦稍稍起。君素業布，至是有志於紡織，雖處下風，而氣不為沮。先是君在苗栗有茶廠，值茶市不競，遂決意改業。又設染織廠於新竹以輔之，時民國四十年也。臺灣之有人造纖維，此其嚆矢。越一年，統一擴大編制，併為新光實業公司。今日新光企業之名遍天下，此其主體也。君平日持論，每以維持現狀即是落伍八字自箴。故人但見其進，未見其止。君之初棄學就賈也，僅動於烏哺之一念。及所入漸深，志亦益遠大。自幼至老，黎明即起，就寢必逾午夜，偶有餘暇，則讀書報以汲新知。人皆不堪其苦，或以事業鬼呼之，君獨不改其樂，蓋已私轉為公，藝進於道矣。君治生若通儒為學，約而能博。平生所造殊廣，若茶業、若煤礦、若食品工業、若遠洋漁業、若水泥、輪胎、玻璃、以至百貨商場，無不有所樹立。其間得失或因時而異，然每有興造，必全力以赴，其敬業不苟如此。中歲以後尤留心福利民生，遂有保險與瓦斯二業之相繼躍起，時在民國五十二、三年之間也。方其始，人多視為畏途，君則甘任其艱。嘗語人曰：多元企業者，吾國今日當務之亟也。其孤懷弘識又如此。君足跡遍天下，所至必深察其企業實況，以資借鑑。故能兼采東瀛泰西之長，然亦不為其成法所拘，因時因地而制宜焉。君最重然諾，信譽卓著於國際。嘗訂購布料於日本，約甫成，適政府新頒外匯管制條例。他商或藉詞毀約，君獨不肯食言，卒得彼邦諸友之助以全信。此諸友者，皆戰前在臺舊夥。當遣返之際，資產例不得攜行，君後皆一一謀歸之。生平以誠信不欺自誓，於斯徵之矣。君以布衣遊列國間，備受禮敬，有子貢聘享之風。晚值國步多艱，君時能濟邦交之所不及，著功於無形焉。君以中華民國八年元月九日生，卒於七十五年十月十八日，壽六十有八。夫人梁桂蘭女士世傳詩禮，有賢德，善持家，君因無內顧之憂。子四：東進、東賢、東亮、東昇；女二：如月、如英，學各有成，能繼君志。君一門和穆，有兄及弟皆參與創業，所謂三人同心，其利斷金者也。蓋君與古為新，擴睦婣任恤之道而大之，擇人唯才，然亦不避親舊。嘗言制度效率，不足盡恃，必濟之以人情義理，然後休戚之感生焉。故新光員工逾兩萬，待之皆若家人子弟，此則君之仁也。昔白圭之治生也，以為知不足與權變、勇不足以決斷、仁不能以取予、強不能有所守，雖學吾術，終不告之。夫知、仁、勇、强，此儒者之事，而君能用之於貨殖。近二十年來，中華民國以企業雄視東亞，論者或謂其淵源實在儒學，以君之制行校之，蓋不為無因云。嗚呼！卓矣！銘曰：

克勤克儉，創業齊家。

博施濟眾，功在中華。

中華民國七十五年十二月八日　余英時　拜撰

（原載黃進興《半世紀的奮鬥：吳火獅先生口述傳記》，允晨文化，一九九〇，頁三一六—三一九。）

唐君毅先生像銘

唐君毅先生（一九零九——一九七八），四川宜賓人，幼承庭訓，以儒典啟蒙；及長游學南北，受教於歐陽漸、熊十力諸大師，遂能通儒釋之郵。先生精思明辨，出於稟賦，初治西哲之言即若鍼芥之投。所造既深，則於德意志辯證思維冥契尤多。平生以重振中國人文精神為己任，故冶舊學新知於一爐，逐層為系統之建構，堂廡開闊，階次森然：道德自我之建立，其始基也；中國文化之精神價值，其全幅呈現也；心靈九境，其終極歸宿也。先生之學與年俱進，此其明徵也。

一九四九年先生參與新亞書院之始建而首創哲學系，迄一九七四年自中文大學講座引退，先後主持香港哲學壇坫二十有五年；濟濟多士出於門下者，極一時之盛。風雨如晦，花果飄零，神州哲理猶能續慧命於海隅，先生之功莫大焉。

先生講學不忘理亂，親歷世變，愵焉憂之，於是發憤返本開新，持孔子之教為天下倡，此海外新儒家之所由興也。新儒家之宗旨與規模定於先生所撰文化宣言，數十年來流佈海內外，駸駸乎與世運共升降，不亦卓乎！

明道救世，上承前哲；
肫肫其仁，垂範後昆；
仰瞻遺像，永誌勿忘。

西元二零零八年　門人余英時　敬撰

新亞書院紀念碑銘

桂林街六十一至六十五號之三、四兩樓，新亞書院創始期之黌宇也。書院初名亞洲文商，成立於一九四九年十月十日，假一中學課室，夜間授課。次年春，創校院長錢穆先生獲旅港滬商王岳峯先生之助，始長期租下桂林街校舍，易校名為新亞。新亞師友作息於是樓者先後七閱寒暑。茲值斯地闢為公園，舊有樓宇悉數拆除，新亞師生與校友惝然若有亡焉，於是決意立碑紀念，以存往跡，並昭來者。

新亞書院之創建為香港教育史上一大事。此大事為何？曰：三五豪傑之士於亂離流浪之中，欲為中國文化建一託命之所也。當書院初創之際，中國文化適遭陽九之厄，數千年傳衍之價值體系竟不容於神

詩紀婉姨與淑平 二首

婉姨與淑平分別已近七十年，與余則皆肄業燕京大學而不同時。今年下訪普城，聚談極歡，並相約三年後米壽重來相聚。淑平囑余詩以紀之，因成打油二首。

甲午端午後十日　英時

燕園曾作少年遊，時序參商未聚頭。
垂老初逢勝舊識，談鋒一發不能收。（其一）

普城下訪喜追陪，欣見高齡雅興開。
為續清談今約定，三年米壽待重來。（其二）

婉娥與淑平分別已近七十年與余則皆肄業燕京大學而不同時今年下訪普城聚談極歡並相約三年後米壽重來相聚淑平囑余詩以紀之因成打油二首　甲子端午後十日英時

燕園曾作少年遊時序參商未聚頭
垂老初逢勝舊識談鋒一發不能收一

普城下訪喜追陪欣見高齡雅興開
為續清談今約定三年米壽待重來二

悼國藩[1] 三首

遙憶相逢日，康橋垂柳絲。
如償三世約，微恨十年遲。
失樂名初盛，讀紅夢益奇。
西遊成九譯，不朽復何疑。（其一）

自古論高士，才優德更超。
交遊寄瀟落，出處見逍遙。
名節能堅守，寒松許後凋。
平生崇義氣，邪惡不輕饒。（其二）

一見真如故，都緣契合深。
東西尚比論，神鬼共披尋。
荐奬驚機杼，闗情賜雅吟。
獻書題句在，拂拭淚沾襟。（其三）

❶編按：余英時於二〇一五年九月五日因紀念余國藩而寫給李奭學信中說：「第一首寫我們的初識，然後陳述他在學術上的不朽成就」；「第二首稱賞他的高潔品德，末句『邪惡不輕饒』指芝大孔子學院事」；「第三首則寫我們二人之間的關係，基本相合在於中西文化之比較研究」。信中並解釋，「神鬼」句係指一九八〇年代他們一同參加一次學術會議，討論「中國文化中有關生死與鬼神」，文章又在同一期哈佛學報刊出；「薦獎」句，指余國藩兩次寫長函給 Kluge 基金會，「情詞懇切，別處機杼」；「獻書」句，指余國藩最後一部論文集。

悼國藩

余英時

遙憶相逢日，康橋垂柳絲。如儕三世約，微恨十年遲。笑與名初盛，談紅夢益奇。西遊成九譯，不朽復何疑。其一

自古論高士，才優德更超。交遊寥灑落，出處見逍遙。名節能堅守，寒松許後凋。平生崇義氣，邪惡不輕饒。其二

一見真如故，鄰緣契合深。東西尚比論，神鬼共搜尋。群英驚機杼，同情賜雅吟。獻書題句在，拂拭淚沾襟。其三

賀淑平漢曆八十初度

這回生辰從漢曆，賀卿八十我八七。
相知相愛五四年，晚歲互持安且逸。
愧我盡在衛護中，事無大小皆卿力。
蔚蘅純厚復關情，如此人生何處覓。

丙申佛誕日　英時　敬獻

賀淑平漢曆八十初度

這回生辰從漢曆
賀卿八十載八七
相知相愛五四年
晚歲互持安且逸
愧我盡心衛護中
事無大小皆卿力
蔚齋純厚復閑情
如此人生何處覓

丙申佛誕日 英時敬獻

壽張灝八十

談笑居然八十翁，康橋回首記初逢。
環滁故里吟歐九，浮海新民話任公。[1]
幽暗已成千古患，[2]圓融欣見一家同。
與君共入逍遙境，莫教塵緣更惱儂。

一九五九年初逢灝兄於康橋，詢以祖籍，曰滁縣，並吟歐公「環滁皆山也」為證。迄今記憶猶新。今歲兄八十，詩以壽之。

灝兄、融姊雙壽

丙申七夕後三日　英時、淑平　同敬賀

州大地。悲憤之餘，流放香港之中土師儒莫不奮起而思有以自靖獻也。先是崔書琴、謝幼偉兩先生推錢先生為亞洲文商院長，然未幾皆離港他去。唐君毅與張丕介兩先生則應邀而補其闕者也。及學校易名遷入桂林街，錢先生仍總攬院事，唐、張則分掌教務與總務。此三先生為書院盡瘁，有始有終；世咸以護法元老目之。

新亞者非徒與古為新，亦與時俱新也。於何徵之？以其持人文主義之教育宗旨溝通世界東西文化也。是以六十年來之教學原則唯在致廣大與盡精微之交互為用，而無所軒輊於中外古今之間。師法宋明書院，亦新亞之一大宗旨也。析而論之，蓋有二端：新亞學規揭櫫以人物為中心之教法，即重人師尤過於經師之意。桂林街時期師生不過數十人，名為學校，實等家庭；師如北辰，弟子則眾星環拱。故經師人師合一，言教身教並施。此其一。宋明書院必兼重社會講學。新亞遷入桂林街即開設週末文化講座，聽眾來自社會各階層。雖講室簡陋，設座不能容百席，然寒暑風雨，聽者常滿。講座持續有年，影響可知。此其二。

桂林街時期，新亞之創造階段，亦最艱困之階段也。遷入不數月，經費即告竭。錢先生不得已，遂親赴台北，乞援於舊識，然所得亦僅足供最低限度之日常開支而已。此所以一九五四年美國雅禮協會之慷慨支援遂成為校史上一劃時代之大事也。雅禮之義舉，一波動而萬波隨焉。於是有香港政府之撥予農圃道校址，有美國福特基金會之捐贈建築經費，更有哈佛燕京學社之資助新亞研究所。點睛之龍，破壁飛騰，自此始焉。

一九五六年十月十一日農圃道新校舍舉行落成啟鑰典禮，新亞之艱困於焉稍紓。然而艱困與創造相偕以俱至者也，書院之規模與精神實皆創闢於此艱困階段。茲當告別桂林街，爰就所知，擇新亞創業時期之關鍵事跡，大書於校史之首頁，為天下後世告。

敘事既畢，復參以校歌之辭勒為碑銘，銘曰：

歲在己丑，龍戰方殷。中原板蕩，絃誦音沉。
師儒失所，託命海濱。乃建庠序，重振斯文。
未遷農圃，先啟桂林。自由講學，廣大胸襟。
東海西海，此理此心。旨哉校訓，曰誠曰明。
艱險奮進，困乏多情。永無止境，新亞精神。

首屆畢業生余英時　敬撰

二零零九年三月三十一日

聯對

【賀聯】

賀彭國翔弟移席北大

國翔弟移席北大，即燕園舊址。六十一年前余嘗作息於是者半載，宿舍在未名湖畔第二食堂。因撰聯誌賀。

國子監中新講席

未名湖畔舊遊蹤

英時

二〇一〇年於普林斯頓

鳳翔弟移席北大即燕園舊址六十一年前余嘗作息於是者半載宿舍在未名湖畔第二食堂因撰聯誌賀

國子監中新講席
未名湖畔舊遊蹤

英時
二〇一〇年秋於普林斯頓

【賀聯】

賀《明報月刊》五十五周年

明月光華　啟蒙耀眼

世變方興　任重道遠

《明報月刊》五十五周年

余英時　敬賀

明月光華啟蒙耀眼
世變方興任重道遠

明報月刊五十五周年
余英時敬賀

【楹聯】

福建綏安會館門聯

古巷起笙歌情融雅俗

藝坊開講席道貫人天

余英時　撰並書

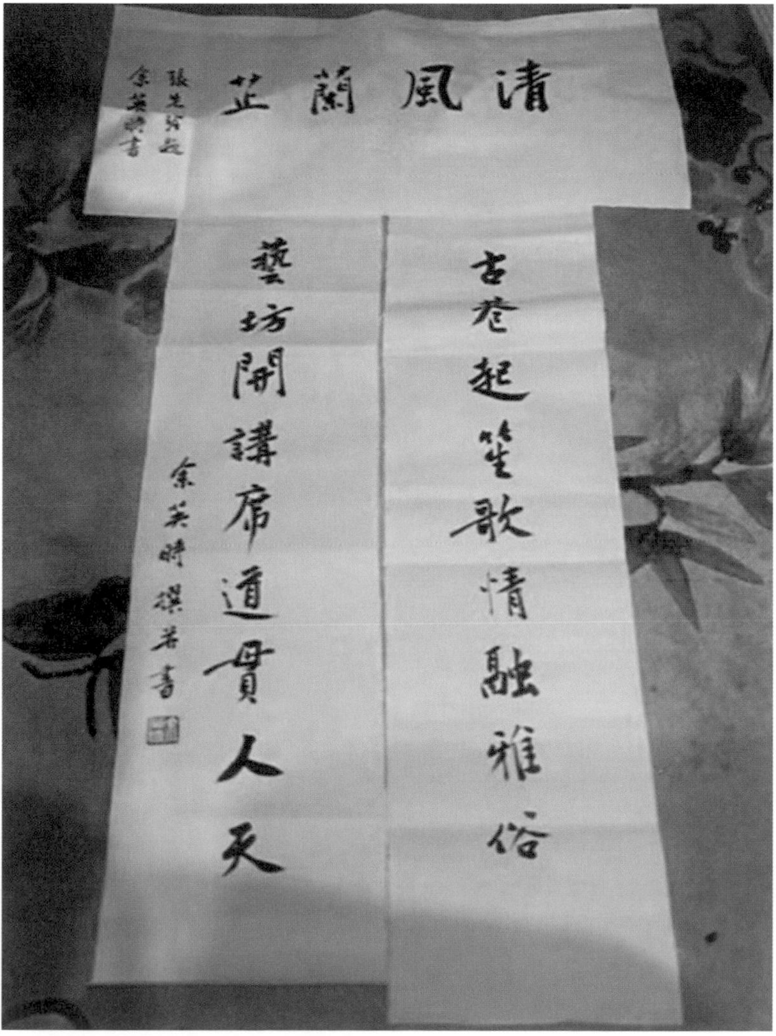
清風蘭芷
古卷起笙歌情融雅俗
藝坊開講席道貫人天

【輓聯】

輓唐君毅

君毅吾師千古

當年哀花果飄零，道本同歸仁為己任

百世重人文教化，我豈異趣久而自傷

門人余英時　敬輓

君毅吾師千古

當年哀花果飄零道本同歸仁為己任

百世重人文教化教豈異趣久而自傷

門人余英時敬輓

【輓聯】

敬悼錢賓四師[1]

一生為故國招魂，當時搗麝成塵，未學齋中香不散

萬里曾家山入夢，此日騎鯨渡海，素書樓外月初寒

[1] 編按：余英時〈一生為故國招魂〉：「是我剛剛寫成的一副輓聯，我想用它來象徵錢先生的最終極而且也是最後的關懷。『未學齋』是錢先生的齋名之一，見《中國近三百年學術史》的〈自序〉；『素書樓』則指無錫七房橋的舊址，不是台北外雙溪的那所樓宇，因為後者不過是前者的投影，而且今天已不復存在了。」（《猶記風吹水上鱗》，三民書局，一九九一，頁一八。）

【輓聯】

輓劉子健

捐館在中秋，奈何天上月圓，人間月半

著書弘乙部，誰解異鄉魂斷，故國魂銷

【輓聯】

輓王愓吾

愓吾先生千古

創業在大盜移國之秋自有勳名垂報史

倡義於獨夫屠城以後尚餘遺志復神州

余英時、陳淑平　敬輓

【輓聯】

代小怡擬悼母聯

小怡：

「老者安之，少者懷之」和「磨而不磷，涅而不緇」都是孔子的話，見《論語》。上聯意思很清楚，下聯是說「最堅固的東西，是磨也磨不薄的；最潔白的東西，是染也染不黑的。」所以上句是寫五姨的寬厚對人，下句是寫她的高尚人格，用的是你聯中「豁達」「不言」的意思，算作舅舅和你們一家人對五姨的懷念，不知合適嗎？

英時

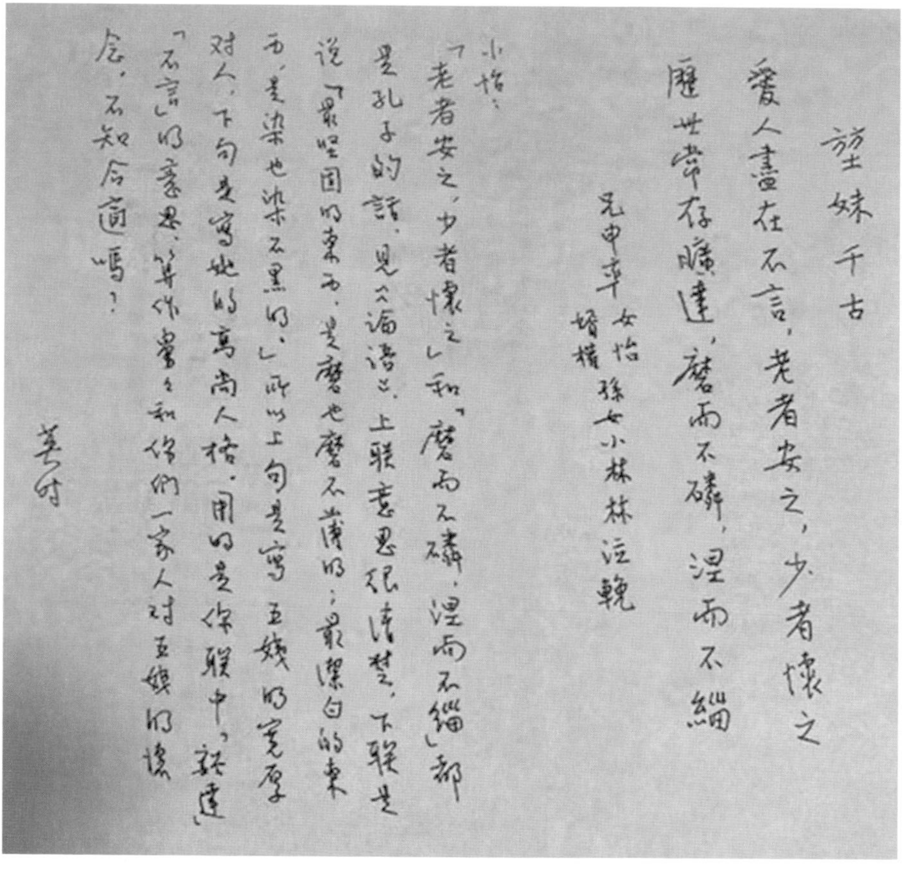

望妹千古

愛人盡在不言，老者安之，少者懷之
歷世常存曠達，磨而不磷，涅而不緇

元申率女怡
婿楨 孫女小林林 泣輓

小怡：

「老者安之，少者懷之」和「磨而不磷，涅而不緇」都是孔子的話，見《論語》。上聯意思很清楚，下聯是說「最堅固的東西，是磨也磨不薄的；最潔白的東西，是染也染不黑的。」所以上句是寫五姨的寬厚对人，下句是寫她的高尚人格，用的是你聯中「曠達」「不言」的意思，算作當々和你們一家人对五姨的懷念，不知合適嗎？

英时

堃妹千古

愛人盡在不言，老者安之，少者懷之

歷世常存曠達，磨而不磷，涅而不緇

兄申　率女怡、婿權、孫女小林林　泣輓

【輓聯】

代天天擬悼母聯

天天：

代你和時俊寫了一聯，不知說出了你們的心思沒有？如不合用，請告訴你們的想法，再為考慮。我們未休息，可隨時打電話來！

英時　二〇〇三、十二、廿六

母親大人 靈鑒

幼女未偏憐，回念劬勞傷往事

半兒承繆許，早從持護感慈暉

女天天
婿時俊 率孫 立忻
立恆 泣輓

天天：

我給和時俊寫了一联，不知說出了你們的心思沒有？如不合用，請告訴你們的想法，再為考慮。我們未休息，可隨时打電话来！

[illegible] 二〇〇三、十二、廿六、

母親大人靈鑒

幼女未偏憐，回念劬勞傷往事

半兒承繆許，早從持護感慈暉

女夭夭、婿時俊　率孫立忻、立恆　泣輓

【輓聯】

輓申舅

申舅大人千古

萬劫歷艱辛但遺滿腹詩書寫世情冷暖

四知守祖訓終成一門孝友享晚景溫馨

甥余英時、陳淑平　敬輓

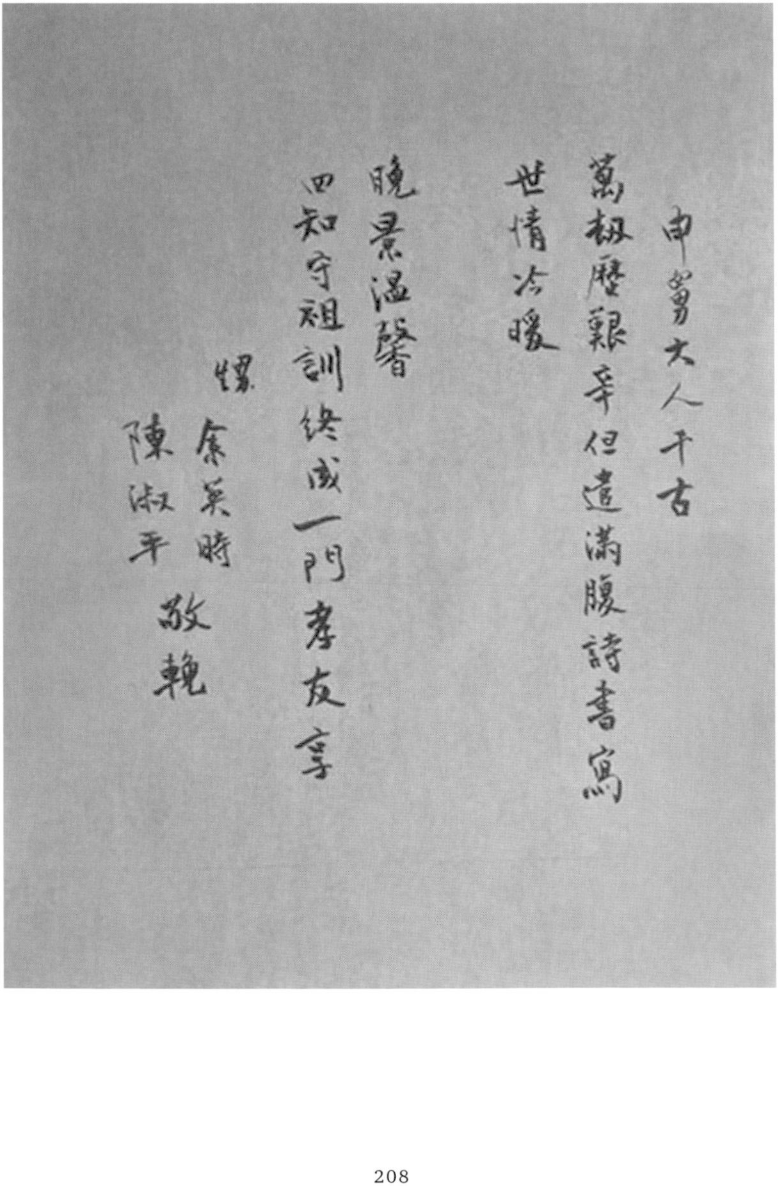
申舅大人千古
萬劫歷艱辛但遺滿腹詩書寫世情冷暖
晚景溫馨
四知守祖訓終成一門孝友家
甥 余英時
陳淑平 敬輓

【輓聯】

輓何佑森

佑森吾兄千古

香島始同遊早識沉潛能獨造
康橋重聚會難忘晨夕共清言

弟余英時、陳淑平　同輓

【輓聯】

輓王元化

元化先生千古

元氣轉旋天地軸

化書通貫古今心

余英時、陳淑平　敬輓

【輓聯】

輓孫國棟[1]

博學於文行己有恥

儒家傳統新亞精神

[1] 編按：余英時〈儒家傳統　新亞精神〉：「『明道』是理論方面的事，自然要『博學於文』；『救世』是實踐方面的事，便必須從『行己有恥』開始。……而『明道救世』也恰好是新亞的原始精神之所在。所以我說：國棟兄不但繼承了儒家的傳統，而且也體現了新亞的精神。本於此義，我寫了下面這副輓聯。」（《余英時雜文集》，聯經出版，二〇二二，頁一〇三—一〇四。）

【輓聯】

輓高友工

丙申仲冬集句

友工吾兄千古

人奉高名非所取

天生清福不須脩

余英時、陳淑平　敬輓

人奉高名非所取

丙申仲冬集句

友工吾兄千古

余英時
陳淑平 敬輓

天生清福不須脩

後記

據余先生的回憶及訪談表示，約莫於十一、二歲時，因私塾老師談了戀愛，於課堂上大抒浪漫情懷，誘發了余先生寫古典詩的動機，而後便接觸唐詩、宋詞而習得平仄，並試作絕句。然而余先生並不在意詩作的留存，曾表示「我寫完就丟了……主要是我沒有把自己當詩人。」儘管如此自謙，仍掩不住余先生是一位出色的詩人。因此不約而同地，有多人陸續蒐羅余先生的詩詞，直到二〇二二年，才有由鄭培凱主編的《余英時詩存》於香港牛津大學出版社印行。

經余夫人陳淑平女士的首肯及鼓勵，聯經亦將余先生詩作輯為台版的《余英時詩存》，並在牛津版的基礎上，增添多首未及編收的作品與手澤。從目前可徵的紀錄中，余先生最早的存世詩作寫於一九六四年，為紀念老師楊聯陞生日而成；最晚則為二〇二〇年致賀《二十一世紀》創刊三十年所作。回望初始書寫，雖然間有停滯，但說余先生寫了一輩子詩一點也不為過。

余先生駕馭文字的功夫精妙絕倫，其詩作用典嫻熟、平仄講究、對仗工整，無疑顯露出詩詞創作的高超造詣。不論是懷人、抒情、處世、道喜，各類主題均有張弛合度、恰如其分的拿捏。余先生的詩作不一定帶題目，且有創作之初已落詩題，卻於發表時隱去的情況。是以在編輯的過程中，若遇無題之作，則依小序、款識，或詩的內容來擬定。詩末的註釋採用余先生原註，編按則盡量引余先生於他處文章之原句，或有直接關聯的文本，以說明詩作的相關背景。

文人交遊之間的詩文唱和，向來是友好的象徵，以詩詞相互酬答、呼應，往往留住了故事脈絡，余先生詩作後的附詩即是如此。如〈觀崑曲〈思凡〉、〈遊園〉感賦〉二首，先有同時間的張充和和詩，十年後有張允和和詩，記錄了崑曲於中國式微而又復甦的變化。又如余先生在《蠹餘集：汴梁陳穎士先生遺詩稿》的序中說，他與陳穎士、勞延煊在一九七六年秋季，曾因在公、私領域中都遭遇重大變故，遂化為詩料而「寫了不少或莊或諧的作品」，只是屬私領域的部分涉及人事，僅能自娛，「收入集中的不過是存二、三於佰仟而已。……無論如何，集中三人唱和之作將我們當時一段興味盎然的生活保存了下來！」

詩作之外，亦整理了余先生所書的銘文與聯對。這兩種文類皆與詩作有同質的文雅要求與嚴謹考究，基於盡力求全的考量，同樣選輯書中，以呈現余先生在古典文學的全面與周詳。

本書得以順利付梓，還要感謝李默父、周言、林道群、陳澤霖、彭國翔、傅鏗、董明等友朋的傾力支援，他們是余先生疼愛的後生、信賴的編輯，也是余先生思想的追隨者。在手跡辨識、詩作提供、資料搜尋、校讎勘誤上，給予最大程度的協助，讓余先生未曾想過集結出版的詩文作品，有了最理想的面貌。

陳逸華　謹誌

二〇二二年十月

余英時文集28

余英時詩存

2022年11月初版　　定價：平裝新臺幣480元
精裝新臺幣650元

著者	余英時
總策劃	林載爵
總編輯	涂豐恩
副總編輯	陳逸華
校對	吳浩宇
內文排版	李偉涵
封面設計	莊謹銘

出版者	聯經出版事業股份有限公司
地址	新北市汐止區大同路一段369號1樓
叢書編輯電話	(02)86925588轉5319
台北聯經書房	台北市新生南路三段94號
電話	(02)23620308
台中辦事處	(04)22312023
台中電子信箱	e-mail：linking2@ms42.hinet.net
印刷者	世和印製企業有限公司
總經銷	聯合發行股份有限公司
發行所	新北市新店區寶橋路235巷6弄6號2樓
電話	(02)29178022

總經理	陳芝宇
社長	羅國俊
發行人	林載爵

行政院新聞局出版事業登記證局版臺業字第0130號

本書如有缺頁，破損，倒裝請寄回台北聯經書房更換。
ISBN 978-957-08-6594-3 (平裝)
ISBN 978-957-08-6595-0 (精裝)
聯經網址：www.linkingbooks.com.tw
電子信箱：linking@udngroup.com

國家圖書館出版品預行編目資料

余英時詩存/余英時著．初版．新北市．聯經．2022年11月．
220面．14.8×21公分（余英時文集28）
ISBN 978-957-08-6594-3（平裝）
ISBN 978-957-08-6595-0（精裝）

851.486 111015897